Tamur & Russ
「手加減を知らない竜の寵愛」

手加減を知らない竜の寵愛

稲月しん

キャラ文庫

この作品はフィクションです。
実在の人物・団体・事件などにはいっさい関係ありません。

目次

口絵・本文イラスト／柳瀬せの

微かな獣の息遣いが聞こえたような気がしてタムルは足を止めた。

銀色の長い髪に、紫色の瞳。手に持つ松明に照らされた顔は、この場には不似合いなほど整っている。

人気のない森の、洞窟の中。

洞窟とはいえ、自然に作られたものではない。足元は石畳で覆われ、壁にも人の手が入っている。遺跡と呼ばれる場所だ。

そこは古代からの遺物の眠る場所。かつて魔法が栄えた時代に作られたもので、未踏破ならば魔道具や魔剣が多く眠っている。

しばらく息を潜めて様子を窺うが、獣の息遣いはゆっくりとこちらへ近づいてくるようだ。

洞窟の中では避けようもない。できるだけ音を立てないよう注意しながら、タムルは背中に背負う荷物を壁際に降ろす。少しでも身軽であったほうがいい。

「……」

左右の腰に差していた剣も片方、荷物の横に立てかけた。

そっと触れてしまうのは、この剣が自分に扱えるものだったらという未練だ。

タムルが置いたのは魔剣と呼ばれる剣。こうした古代の遺跡からしか発見されない貴重なもので、質の良いものだとそれ一本で王都に庭つきの家が買えるほどの値がつけられる。

それはタムルがこの遺跡で見つけたばかりのものだ。

魔剣は自分の魔力を流すことで魔獣と戦う武器となる。

これが使えれば。

唇を噛みしめて、タムルは魔剣から手を離す。

魔剣さえ使えれば、魔獣と戦うことはずっと楽になる。そして魔剣を使えれば、タムルがここにいる必要もない。

タムルには魔力がなかった。

魔力がない者が使える魔剣が発見された記録はない。けれど存在しないという絶対的なことは誰にも言いきれない。

諦めきれずに遺跡を探索するようになって二年が経つ。その間、いくつかの魔剣を発見したが、そのどれもがタムルの求めているものではなかった。

できるだけ天井の高い場所に移動して剣を構える。

遺跡に普通の獣は存在しない。ここにいるのは魔獣だけだ。

「はっ!」

気合を入れるために声をあげると、離れた場所にあった獣の気配が一気に距離を詰めてくるのがはっきりとわかった。

近づく気配が角を曲がる、その瞬間に松明を投げつけた。

ぎゃ、という獣のうめき声。

幸運だったのはタムルが知っている魔獣であったこと。

「ふたつ頭の、間」

狼に似たふたつ頭の魔獣は投げつけられた松明を大きく首を振って払いのける。その動作でわずかな隙ができる。

核の位置はふたつ頭のちょうど中間地点。

狙いにくい場所ではあるが、タムルは迷うことなく剣を振り下ろした。

確かな手ごたえと、人の叫び声のような断末魔。ぐたりと力を失くした魔獣にほっと息を吐く。

魔獣は核と呼ばれる、生き物でいう心臓のような部分を正確に破壊しなければ倒せない。それ以外の場所だと傷はすぐに再生されてしまう。その再生を防ぐことができるのが魔剣だが、知識さえあれば魔獣を倒すことは不可能じゃない。

魔剣を扱えないタムルが遺跡を巡ることができるのは、魔獣に関する多くの知識と正確にその場所を狙える剣の腕があるためだ。

無茶なことをと誰もが言うが、それでもタムルは魔剣を探すことを諦めるつもりはなかった。

「もう少し浅くてもよかったたか」

力が入りすぎていたかもしれない。俊敏さはあるが、タムルにとってはそう難しい相手ではない。破壊した核の位置を正確に確かめておこうと傷口を覗き込む。

真後ろに気配を感じたのは、そのとき。

「もう一匹っ⁉」

倒したばかりの魔獣から剣を引き抜くのに遅れた。

鋭い爪が背中にかかる痛みに目の前が真っ白になる。

「……っ！」

振り下ろした剣が狙いから逸れる。

魔獣の体につけた傷は、あっという間に再生していく。振りあげられた前足を受け止めた剣を取り落とさなかっただけでもよしとしなければならない。

気配を読みきれなかった。

魔獣が群れることはほとんどない。だからといって近くに他の魔獣がいないとは限らないのに。

力任せに魔獣の体を押しのけて距離を取る。

すぐに態勢を立て直して飛び掛かってくる魔獣の体を転がって避けた。

背中が焼けるように熱い。

魔獣の爪に抉られた傷は思っているより深いかもしれない。動けと命令しなければ動かない体に苛立ちを覚えながら剣を構える。

「来いっ！」

声をあげると、魔獣が地面を蹴った。狙うのはふたつ頭の間。その場所以外では意味がない。それぞれに咆哮をあげるふたつ頭の動きを捉える。ここだと頭は冷静に狙いを定めるのに、剣を振りあげる動作が遅い。

「くっ！」

届かない。そう判断するとすぐさま剣の軌道を変えた。横に薙いだ剣は動きを鈍らせるだけだとわかっていても、それが精一杯だった。地面を蹴って走り出す。

少しでも距離を取らなければ。

角を曲がり、細い通路に身を隠すとタムルは崩れるようにその場に座り込んだ。

息が荒い。ぜいぜいと濁る息は良くない。

はらりと落ちた銀色の長い髪が背中の血で赤に染まっているのが見えた。

最初に投げた松明の炎が岩壁に反射して届く。そのわずかな明かりだけがどうにか周囲を照らしていた。

さっきまでいた場所から、魔獣のふたつ頭がそれぞれ話をしているかのようなうめき声が聞こえる。

どうにか距離を取ったが……。きっと相手は獲物をもてあそぶつもりで逃がしただけだ。その証拠にこちらへ近づいてくる足音は少しも焦った様子はない。タムルが流した血の匂いをゆっくりと辿っている。

「情けない」

背中に傷を負った自分が許せなかった。背中の傷は逃げて負った傷のように思われてしまう。

「それは悔しいな」

ぼんやり霞みはじめた視界に、ここから助かる可能性はあるかと考える。

タムルがここにいることを知る者はいない。いつもひとりで行動するタムルに危険だと忠告する者もいたが、それを聞いていたのでは成果はあげられない。報告することさえも面倒になり、時間さえあればふらりとひとりで探索にでかける日々を送っていた。

驕っているわけではない。ただいつもどうしようもない焦りがタムルの中にある。

「……」

そっと胸元に手を当てた。

そこにはタムルが生まれたときに贈られた誕生石があるはずだった。

子が生まれれば、親は子に石を贈る。貴族であれば宝石が多いが、タムルが貰った石は真っ黒の小さな丸い石だ。

それは不思議な石で、どんな宝石よりも硬くて細工することもできない。それなのに綺麗な丸。自然にできたようには思えない形。

「ない……？」

一瞬、痛みを忘れた。

胸元に伸ばした手が、そこにあるはずのものに触れなかった。

物心ついたころから……、いやそれよりもずっと前からそこにあった丸い石。

細工ができなかったから、小さな袋に入れていつも胸から下げていた。触れようとした指先にその感触がないことに呆然とした。

「誕生石を失くすなど……私の運もここまでか……」

誰も知らない場所で、深い傷を負って動けない。ほんの少し先には自分を狙う魔獣。失くした誕生石。徐々に近づく魔獣の気配。

それでも、とタムルは剣の柄を握った。

諦めるような真似はしたくない。

足に力を込める。

立ちあがらなければ、可能性はなくなってしまう。

壁に体重を預けながら、必死で体を持ちあげる。耳の奥でキーンと響く音に首を振り、無理矢理立ちあがる。

視界が、暗い。

それは洞窟であるための暗さではなく、意識が混濁しているからだ。

「くそっ」

間に合うか？

もう自分から魔獣に向かって行く力はない。魔獣を倒すことができるのは、奴が自分を狙ってきた瞬間しかない。

けれど……、そこまで自分の意識はもつだろうか。

ぎりっ、と唇を嚙みしめる。

その痛みすら、もう感じない。

せめて剣を取り落とさないように、と両手で握りしめる。

諦めるものか。

そう思ったのに……。

からん、と音が聞こえた。

握りしめたばかりの剣を落としてしまった音だった。

手を伸ばそうにも、今のタムルには足元の地面までの距離が果てしなく遠く感じた。

角の向こうに視線を送る。けれど、ぼやけた視界は目的のものを捉えない。

松明の明かりが揺れる壁にぐっと目を凝らす。

ゆらりと影が見えた。

「……？」

　それは小さな点だった。

　魔獣の影じゃない。まるで小さな子供のように見える影が映し出されて、タムルはじっとそれを見つめる。

　子供の影に見えたものがどんどん大きくなっていく……。

「人、か？」

　そんなはずはない。

　あの松明と洞窟の入口の間には魔獣がいる。戦った気配も感じないのに、人が現れるということがあるはずない。

　それでもわずかに希望を見出して、気が緩んでしまったのか。

　がくりと足の力が抜けた。

　倒れ込む、その寸前……タムルが見たのはこちらへ駆けてくる誰かの影。

　それは最初、少年のように見えた。だが、近づいて来るにつれ背が大きくなっていく。

「……タ……ル……！」

　自分の名前を呼ばれたような気がしたが、答える気力はなくて。

「大丈夫か？」

　すぐ近くで見た顔は、赤い色。

燃えるような赤褐色の髪に、金色の瞳。

「誰、だ……?」

そんな知り合いはいない。いないけれど、その気配はどこか懐かしいような気もして。

相手がわずかに笑ったように見えた瞬間、タムルは意識を失った。


『タムル、魔剣は見つかったか?』

その声にゆっくり首を横に振る。

『騎士になるには自分に合った魔剣を探さないと。質の良し悪しよりは相性のほうが大切らしい。いい魔剣に出会えるといいな』

再び首を横に振って、自分には魔力がないと告げる。

『魔力がない? そんな馬鹿な。銀の髪は魔力が高い証(あかし)だと言われているじゃないか!』

騎士とは魔獣と戦う者。

そして、魔獣と戦うために魔剣を持つ者。

魔力のないタムルに使える魔剣はどこにもなかった。試すことのできる魔剣は、すべて試した。すでに魔獣と戦うことのできるタムルには魔剣を持つことが騎士になる条件であったから。

『お前が騎士になれないとは』

違う。まだ、その道は閉ざされていない。

『誰より、剣の腕があるのに』

諦めていない。まだ魔剣を探している途中だから……。

『残念だ』

違う。

『本当に残念だ』

違う。魔剣はきっと見つかる。残念なことなど、何もない。


ぱちぱちと炎の爆ぜる音が聞こえる。

そんなはずはない。

自分は森の洞窟で魔獣と戦った。そして傷を負って追い詰められた。

助かるような傷ではなかったし、周囲には誰もいなくて……？

いや、違う。誰かを見たような気がする。あんな場所に誰かがいたとは考えられないけれど。

「気がついた？」

そう呼び掛けられて一気に意識が浮上した。

開いた瞳に映るのは、赤褐色の髪。

「……！」

思わず体を起こそうとして、背中に感じる痛みに顔を顰めた。

うつぶせに横たわる自分の真後ろ……。首を巡らせると、背中に覆いかぶさるようにして笑みを浮かべる青年がいた。

「まだ動かないほうがいいよ。治療の途中だから」

治療？

そんなものが追いつくはずはない。魔獣につけられた傷は浅くなかった。それに多くの血も流れて……。

「痛っ！」

声をあげたのは、彼が背中に触れたからだ。

「じっとして」

その声にぞわりと背筋が寒くなる。

「何、を……？」

声は背中側から聞こえた。ぴちゃりと聞こえた水音は傷のあった場所で……。触れたものは彼の手ではなかった。耳に聞こえたその音が、自分の血を舐めとる音だと気がついてタムルは体を起こそうとする。

「動かないでよ」

ぐっ、と肩を押された。それだけで体の自由が利かなくなってしまったことに呆然とする。タムルは騎士を目指して鍛錬を重ねてきた。いくら怪我を負っているからと言って片手で押さえられるほどやわではない。

「何をしている！」

この青年は誰だ？

どうして私を押さえつける？

傷は……？　魔獣は？

頭の中が一気に疑問で埋め尽くされる。

「治療だって。俺の体液は薬になるから」

体液が薬に？

なるはずがない。そんなこと、聞いたこともない。魔獣には爪や鱗が薬になる場合があるが、それはあくまできちんと処方したあとだ。

手足をばたつかせて逃れようとするが、押さえる手にさらに力を込められてうめく。

「痛みがひいてきているよね？　死にたくないよね？」

再び水音が聞こえてきて必死に首を横に振る。

死にたいわけではない。けれど自由にならない体にいら立ちが抑えられない。

意識がだんだんとはっきりしてくるのは……彼の言う『治療』のせいかもしれないが、湧き起こるのは疑念ばかりだ。

「お前は誰だっ」

この状況はおかしい。普通ではない。

「ラスだよ」

まるで旧知の人間にでも会ったかのように気軽に名前を告げられて戸惑う。

「ラス?」

「そう。ラス」

ラスと名乗った青年が肩を押さえていた手を放す。同時に起きあがって、すぐに距離を取った。

剣は……と周囲を見渡してみるが近くには見当たらない。

小さな部屋ほどの広さのあるこの場所には覚えがある。遺跡の洞窟の奥にあった場所だ。意識のないタムルを運んで大変だったろうが、警戒を解くには不安要素が多すぎる。

「ずいぶんな態度だね。命の恩人に」

ラスが赤く染まった口元を手で拭う。その赤はタムルの血……。どれほどの傷だったのかわからないが、今こうして動けることは明らかに不自然だ。

「傷は塞がったけど、まだ治療は必要だよ。とりあえず、動けるほどに回復してよかった」

痛みは残っているが決定的なものではない。

確かに先ほどの行為は治療だったと思わなければ、動けることとの説明がつかなかった。ゆっくりと手に力を入れてみる。背中にひきつれるような痛みは走るが、それだけだ。動けるということに少しだけ肩の力が抜けた。

「魔獣は？」

「殺した」

どうだと言わんばかりに胸を張る。その様子はまるで子供のようだ。

殺したという殺伐とした言葉と、無邪気な行動はちぐはぐで……。

「そんな目で見ないでほしいな。何度も言うけど、俺は命の恩人だよ？」

そう言われて、ぐっと言葉に詰まる。

確かに、あの状態で自分が助かる確率は限りなく少なかった。まだどこか霞がかかったような記憶の中で、意識を失う直前……あの髪の色と金色の瞳を見たような気がする。

「……礼を言う」

ぽつりと呟いた言葉は心のこもったものとは言い難いが、ラスはにっこりと笑った。

「どういたしまして！」

まるで、よくやったと褒めて貰えた犬のようだと思い、慌ててそれを打ち消す。さすがに犬に例えるのは申し訳ない。

「その傷。まだちゃんと治ってないから、治療を続けたいけど？」

「は？」

「だって、タムルの綺麗な背中に傷が残るのは嫌だし。それに、今のままじゃあ夢だった騎士にもなれなくなるよ？」

はくはくと口が動いた。

名前。

名前を教えていないのに、知っている。タムルが騎士を目指していることも。

「どうして……」

やっと口から出た声が掠(かす)れている。ラスはにっこりと笑った。

「どうしてって、だってタムルが苦しいのは嫌だから」

行動も、言っていることも無茶苦茶なのにその笑顔が恐ろしいほどに純粋に見えて背筋がぞくりとする。

タムルは改めてラスと名乗る青年を見つめた。

年齢は二十歳くらい。体格はよくて細身のタムルとは身長も肩幅も大きく違う。

少し浅黒い肌は、ラスがこのあたりの人間ではないだろうと思わせる。

着ている服は旅人……よりは随分軽装だ。茶色の生成りのシャツに、紺色のズボン。大きな荷物があるような様子もない。

この森は人が住めるような場所ではない。近くの街はタムルもいる国境の砦(とりで)の街だが、その

街に住んでいるなら顔くらいは見たことがあるはずだ。砦に住む兵士や騎士見習い達を相手にする商売でどうにか成り立っているような小さい街だから。

このあたりに住んでいるわけでもないのに、こんな軽装で魔獣もいる洞窟にいる。

タムルはごくりと喉をならす。

ラスは、何者なのか？

「すぐに治せるといいけど、そうすると一気に魔力を流さないといけないから一日一回、少しずつ治療したほうがいいけどどうしようか？」

「一日、一回」

ラスの言葉をただ繰り返す。

もしラスの言うように治療を受けるとしたら、タムルはこの場所に通うことになる。けれど、毎日森に探索に出かけることは難しい。

いや、それ以前に問題が多すぎる。ラスから治療を受けることも、ラスに何度も会うことも危険が多すぎる気がしてタムルは大きく首を横に振った。

「これ以上の治療を受けるつもりはない。ここに通うことはできない」

「大丈夫だよ。俺が行くし」

さらりと告げられた言葉にタムルは口元を引き結ぶ。

タムルが住んでいるのは、国境近くの砦だ。遺跡の多い森に面していることで、魔剣を探す騎士見習い達が多く滞在している。

そんな場所に、この怪しい青年が来る？

ありえない。

「助けてくれたことには礼を言う。謝礼が必要ならばそれなりのものを用意しよう。だが、私達はここで別れたほうがいい」

「え、なんで？」

なんで、と問われて眉根を寄せる。

むしろこちらが聞きたい。なぜ、砦に来て平気だと思えるのか。

「私が命の恩人にできることは、何も知らなかった、何も見ていないと口を閉ざすことだけだ」

「そういうものかな？　じゃあ、勝手に行くよ」

「は？」

あまりに軽い物言いに、思わずぽかりと口が開いた。

「タムルが言わなければわからないじゃないか」

そういう問題じゃない。

「命の恩人だろ。それくらいの口裏は合わせてよ」

恐ろしいことを言い始めた。

タムルは国境の砦に所属している軍の人間だ。こんなに怪しさ満点のものをおいそれと連れて行くことなどできるはずがない。

「私が暮らしているのは国境の砦だ。お前は身分を証明するものを持っているか？」

「……身分証明？」

ラスがこてんと首を傾げる。

「十二歳になると国が発行する。それはどの国でも変わらないはずだ。それすらも持たないような人間を砦に入れるわけにはいかない」

子供は十二歳を迎えると国民として認められる。身分証には出自が記入されていて、それはこの大陸であれば、どの国に出向いても通用する物だ。

これくらいのことで諦めてくれるとは思えないけれど、無理だという理由を並べていけば面倒くさくなって諦めてくれないだろうか。

「十二歳か。それ以下であれば身分証はいらない？」

「まあ、子供には必要がない」

保護がなければ生きていけない年齢の子供はその保護者の身分証に名前が記される。基本的には保護者と一緒でなければ街や村への移動はできない。

「へぇ」

そう呟いたラスが、にっこりと笑った。

「……？」

ぱちりと指を鳴らす。その瞬間に起こった出来事にタムルはおかしな声をあげそうになった。

「これでいい？」

ぱくぱくと口が動くが、驚きすぎて声にはならない。タムルが指さすその先には、赤褐色の髪の少年がたたずんでいる。

正確には、背丈が縮んだラス。

指をぱちりと鳴らした瞬間に、その姿はどんどん小さくなった。

そうして、今、目の前にいるのは十歳くらいの少年。身長は半分ほどになり、手や足も小さくなった。それだけじゃない。着ていた服まで、体に合ったサイズになっている。持っていた長剣だけが不釣り合いな大きさのままそこにあった。

「ど……っ、どういう……っ！」

姿変えの魔法？

いや、そんなものでは説明がつかない。姿変えの魔法は髪や目の色を変えるとか印象を変える、存在をわかりにくくするもので、体の大きさを変えられるものじゃない。

ありえない。

そんな魔法は聞いたことがない。それに、服！　服が小さくなったのはどういう仕組みだろう？　父が持っていた魔法書で、物が形を変えるためには目に見えないくらいの細かな存在に切りわけてという理論は読んだことがあるが、実際にそれを成功させた例は知らない。

「子供だと身分証はいらないと言ったじゃないか」

子供特有の、甲高い声。

悪びれもせずにそんなことを言うラスに軽い眩暈（めまい）を覚える。

言った。確かにそう言ったが、それは子供になれということではない。なれるとは想像もしていなかった。

「ほら連れていって」

小さな手を差し出すラスに思いきり首を横に振ったのは当たり前だ。

「俺は命の恩人だぞ」

こんな怪しい命の恩人の面倒をみないといけないのならば、いっそ命を落としたほうが簡単なのではないか。

「連れて行けるか！」

心の底からそう叫んだ。

「俺はタムルと共に行きたい」

その瞬間にタムルは背を向けて走り出した。

冗談ではない。

こんな存在と関わってロクなことはない。背を向けるのは癪（しゃく）だが、これはそんな可愛（かわい）いものじゃない。

逃げきれるか、ということではない。

逃がしてもらえるかどうか。

興味を失えばそれまで。少しタムルをからかっただけだというならこのまま離れることもできるはず。

途中、自分が倒れたその場所に落ちていたままだった剣と荷物を拾ってほっとする。ラスが追ってきたとしても、これで少しは反撃できるかもしれない。

わずかな望みを抱いて洞窟の入口まで走ったタムルはそこで足を止めた。

振り返ってみるが、ラスが追ってくる気配はない。

諦めてくれたならよかった。きっとタムルをからかって遊んでいただけだ。

かなり願望の割合が大きい考えではあったが、そう思わないと砦に戻ることもできなくなる。

吹き抜けた風に晒された背中が冷たい。銀色の髪も赤く染まったままだ。この格好で砦に帰っても、今の出来事をどう説明すればいいのかわからない。

「帰る途中に泉があるか……」

背中の傷はずきりと痛むが、歩けないほどではない。

砦から近い場所だが、せめてそこで汚れを落としてから戻ろう。破れた服はどこかにひっかけたとでも言えば、深くは追及されないはずだ。

「タムル様！」

自分を呼ぶ声に、顔をあげる。

あらかたの血を流し終えたあとでよかったとほっとする。

岩場に隠れるようにして存在している泉は、地面から湧き出る水の流れが見えるほどに澄んでいる。もう日は傾きかけていたが、冷たい水が心地よかった。

水面（みなも）を吹く風が頭を冷静にさせてくれる。

いっそ飛び込んで汚れを洗い流したかったが、自分の血を泉の中に落とすことは躊躇（ためら）われて側（そば）にある木桶（きおけ）を使った。

この泉は砦に近く多くの者が利用している。すぐ近くには小屋も建てられていて、一泊するくらいには困らない程度のものは置いてある。木桶もそこから借りてきた。

「よかった。帰りが遅いから心配していました」

にこにこと笑うのは、茶色の髪に同じ色の瞳の若い騎士見習いだ。彼は先月、成人の十六歳になると同時に配属されたデーズ。砦で最年少だが、国境の砦に非戦闘員はいない。幼く見えても、腕はたつ。

「だから心配ないと言っただろう」

デーズの後ろにいたのは、黒い髪に黒い瞳の、二十歳の青年。彼はパトス。パトスは一年ほど前から砦にいる。

砦には多くの騎士見習いが派遣される。

彼らが求めるのは、魔剣。

王都にいても伝手と資金があれば質の良い魔剣を手に入れることはできるが、そのどちらも持たない者は自ら探すしかない。砦に残されたあまり質のよくない魔剣を仮の武器として、騎士見習い達は森へ探索に出かけて自分のひと振りを探す。

「けれど、タムル様は……」

濁された言葉に、眉を寄せる。

そこから続くのは、魔剣を使えないからという言葉だ。

「偉そうなことを言うくらいだ。今日の鍛錬は終わっているだろうな？」

ぎろりと睨むとデーズは乾いた笑いを浮かべた。おそらくタムルを心配していたというのは口実で、ただ砦を抜け出して泉で涼んでいただけだ。

「大丈夫です。俺もデーズも今日の鍛錬は終えていますよ、指導官殿」

パトスがぴしりと姿勢を正した。

タムルは砦で騎士見習い達に剣の指導をしている。

剣の腕では現役の騎士を合わせてもタムルの右に出る者はいない。

騎士という称号を得ることはできなくても見習いのままというわけにはいかなかった。

与えられた称号は準騎士。騎士ではない、見習いでもない中途半端な称号だが、命令系統で言えば見習い達よりはひとつ上だ。

「ならば無駄口を叩いてないで早く帰還しろ。見習いの身分でも砦の兵士に変わりはない」

「そんな言いかたはないでしょう。デーズは指導官殿を心配して……！」

十六歳の新入りにまで心配されるこの現状は自分でも大声で笑いたいくらいだ。

「必要ない」

自分でも驚くほど冷たい声だ。けれど、感情を隠すにはそれが一番楽な方法だった。

心配をするふりをして『残念だ』と笑う連中を今まで腐るほどに見てきた。今は純粋に心配していたとしても、どうせすぐに同じようにタムルを笑うようになる。

「すぐに砦に戻……」

そこまで言いかけて、タムルはふたりの視線が自分の後ろに向けられていることに気がついた。

後ろ……。

泉の他に何かあっただろうか。

嫌な予感を覚えながら、ゆっくりと振り返る。

「タ、タムル……。僕を置いていかないで……っ」

僕？

少年の震えるような小さい声に、大きく目を見開いた。

ラスは洞窟の中で自分のことを俺と呼んでいた。

魔法が使えるって言わなければいい、子供になれば身分証はいらない。

そんなことを平然と言っていたラスは……。

今、目にいっぱいの涙を浮かべてまるで弱い野兎のように自分を見あげている。

「子供っ？」

デーズが驚いた声をあげる。

タムルも同じように叫びたかった。ラスは洞窟に置いてきた。今、この瞬間まで側には誰もいなかった。

「どうして子供が？」

ラスの見た目は、十歳前後の少年だ。魔獣が闊歩するこの森にはおおよそ不似合いの存在。

けれど、困ったことにこの森では稀に子供が保護される。

「魔獣に攫われたのか？」

パトスが駆け寄って、ラスに怪我がないかを確認している。

そう、魔獣は子供を攫う。

それは主に食料として。

人の子は、魔獣にとってごちそうであるらしく、すぐに食べずにとっておくことも多い。そうして攫われた子供が……たまに森で発見される。

「わ、わからないっ。僕っ……、目が覚めたらここにいて、怖くて……っ！」

ラスの目から大粒の涙が次々に零れていく。その様子を呆れたように眺めていると、ふたりの騎士見習いがタムルに厳しい視線を向けた。

「まさかこんな子供を置いていこうとしたわけではありませんよね？」

「は……？」

子供……。ラスの見た目は子供だが、子供ではない。

そう説明しようとして、それが無駄なことであると悟った。デーズとパトスの目は、正義感に溢れている。

そしてラスが使った魔法……。子供に姿を変える魔法は、知識が豊富なタムルが目の前で見ても信じられないほど珍しいもの。ふたりには想像もつかないだろう。

「僕、タムルと一緒に行きたいっ」

駆け出したラスがしっかりと自分にしがみつく。これが洞窟で出会った怪しい存在じゃなければ、さすがのタムルも絆されていたところだ。

「砦の近くの子じゃないよね？」

「ああ。何か手がかりになるようなものがあればいいけど。指導官殿、この子は……？」

きっとここで求められている答えは『魔獣に攫われた子のようだ。私が保護した』という言葉だ。

しかしそう答えるわけにもいかずにタムルは無言で額に手を当てる。

「あのね、おっきな影が僕を連れて空を飛んだの。でも、暴れたら落ちちゃって……。でも、タムルが助けてくれた」

よくもまあ、無邪気な顔でそんな嘘がつらつらと言える。

「お前……」

「お願い、タムル。僕を連れて行って。もうひとりになりたくないっ」

声をあげて泣き始めたラスの演技は完璧だ。

「何でもする！　僕、たくさん働いて、タムルの役に立つから！」

こちらを見つめるデーズとパトスの視線が厳しい。

まさかこんな子供を見捨てるわけありませんよね、とはっきり伝えてくる。

「違う、この子は姿変えの魔法を使っていて……」

「こんな小さい子がそんな魔法を使えるわけがないでしょう！」

まあ、そう思うのが普通だ。タムルだって目の前で使われなければ信じなかった。

「たとえそれが本当だったとしても、こんな子供をここに置いていけるわけがない」

姿変えの魔法と聞いてパトスは髪の色を変えるとかそういうくらいのことを想像しているは

ずだ。それに泣いている子供を疑うような真似はできないに違いない。

「置いていっても、絶対に追いかけるから！」

泣きながら健気に訴えているように聞こえるが、それは明確な脅しだ。

どうせ置いていっても砦の位置はわかっているだろうし、こちらが足掻いても無駄なほどラスの力は強いと想像できる。

ここは言うとおりにする以外に選択肢はない。現にこうして泉までタムルを追って来た。

タムルは、自分の足にしがみついて泣き声をあげるラスを見下ろして大きな、大きなため息をついた。


「俺、タムルと一緒の部屋でいいけど？」

鍵がかかっているはずの扉が、ラスが触れただけで開いていく。

家に着くなり、青年の姿へ戻ったラスは躊躇なく家の中へ入っていった。

子供のラスの歩く速度に合わせていたため、砦についた時間は遅かった。疲れたと言うラスをすぐに休ませたほうがいいとデーズたちに言われて家に連れてきたが、未だにこれで正しかったのかと自問してしまう。

タムルは砦の東に広がる小さな街の中に住んでいる。有事の際の戦闘力としては数えられていない指導官のため、砦にはタムルの部屋がない。希望すれば砦で生活することはできるが、慣れてしまえば一人のほうが気楽だ。

家は中庭を四面で囲むような頑丈な石造りの建物で、通りに面した部分に入口となる部分がぽっかりと穴を開けている。そこを抜けた先は中庭。二階建ての建物は複数の家族で住むように造られたらしく、タムルだけではもてあますほどに広いが、この中庭ではのんびりと本を読むこともできるし、鍛錬することもできる。

中庭を通り、正面の建物の扉を開けると広い台所。中央に大きなテーブルがあるが、窓際にも小さなカウンターテーブルがあった。

「部屋は余っている」

「え、でも一緒がいい」

きょとんとした顔は子供の姿のときと変わらないが、そうですかと聞いてやる義理はない。

「寝台が狭くなる」

「じゃあ、この姿だったらいい?」

再び子供の姿になるラスを無視して、肩にかけていた荷物を窓際のカウンターテーブルに置く。二本の剣もそれぞれ立てかけると、中央のテーブルに持っていた包みを置いた。

「夕飯は、食べる……のか?」

砦に寄ったときに食堂で包んでもらった夕食だったが、よく考えればラスが人と同じ食事をするとは限らない。そもそも食事が必要なのかもわからない。

「食べるよ。ずっと興味があったから！」

子供の姿のラスには椅子もテーブルも大きいようだったが、不便ならまた青年の姿に戻るだろう。特に気にせず、包みを開く。

パンが四つと、肉を煮込んだもの。それからジャガイモを潰したサラダ。子供がいるからと優しい味のものを選んで詰めてくれたようだ。

「美味しそうだな！」

伸ばそうとした手をぴしゃりと叩いた。ラスは驚いたように目をぱちくりさせる。

「外でならともかく、ここは家の中だ。食器もあれば、ナイフもフォークもある。手づかみで食べるな」

「えー」

「こちらの約束事に従うと言ったのはお前だ」

そう。それだけはと固く約束させた。

ラスは果てしなく自由にふるまうことができる。魔法は貴重だ。魔力があってもそれを魔法として使うことができる者は国でも数人程度しかいない。魔法という力だけでも人はラスを止められない。従ってくれているうちに少しでも常識を叩きこんでおきたいと妙な使命感が湧き起こる。

棚から食器とカトラリーを出してきて並べた。最初からうまく使えるとは思えないが、形だけでもと、ラスの皿に肉を取りわける。

「ナイフは右。フォークは左。持ちかたはこう」

ラスに見せるようにそれぞれを持って掲げると、ラスは見よう見まねでふたつを手に取った。

「フォークで肉を押さえて、ナイフで小わけにして食べ……。そんなに大きく切ってはだめだ。もっと小さく」

「面倒くさい」

「それなら、帰れ」

冷たく言い放つと、ぶつぶつと文句を言いながらもラスが肉を小さく切り始めた。ラスが一体どこまで従うつもりなのかは知らないが、多少の不自由は我慢してでもここにいたいという意思は確からしい。

気がつくとパンもナイフとフォークで切りわけようとしていたので慌てて止める。

「これは手で？　基準がわからない！」

本気で怒っているような声に思わず笑う。人かどうかもわからない存在がパンひとつで腹を立てているのが可笑しかった。

「タムル」

名前を呼ばれて顔をあげると、青年の姿に戻ったラスがこちらを見つめていた。

「……？」

その目がとても嬉(うれ)しそうでタムルは首を傾げる。タムルはラスのことを笑ったのに、何故(なぜ)そんな顔をするのか。

「タムルが笑った。俺はずっとそうしていてほしい」

ますますわからなくて、眉を寄せる。

「タムルはあまり笑わないよね。どんな表情も好きだけど、できれば笑って欲しい」

そうだろうか。でも確かにこのところ笑う機会は少なかった。

自分には魔剣が使えないとわかってから、タムルに余裕はなかった。今、こうしている間も本当は遺跡に行って探索をしたいという気持ちがある。

「ラス、お前は何者だ？」

側にいたいとラスは言う。遺跡でも、タムルの背中に傷が残るのは嫌だと言っていたし常にタムルを気遣っている。

今もタムルに笑っていて欲しいと……。その理由がわからない。

「何者？ 俺は何者かな、タムル」

逆に問いかけられて言葉を失った。

「タムル達とは違うっていうのはわかっている。どちらかというと、魔獣に近いってことも。けど、俺に両親はいないし仲間らしいものもいない」

「でも名前を持っている」

「うん。そうだけど、俺はずっと卵の中にいた。名前をつけてくれたのが誰かも覚えていないし。タムルが最初に会った人。仲間は知らない」

卵？

それなら、ラスは生まれたばかりなのだろうか。

雛が最初に見た者を親だと思うような感覚でタムルに懐いている？

そうだと当てはめることはできないが、それが近いのかもしれない。

「生まれたばかりにしては、知っていることが多いな」

「卵の中からでも外の様子はわかったから」

肉を小さく切りわけて口に運ぶラスを見ると、学習能力はかなり高い。初めて使うナイフとフォークなのに、もうタムルと変わらない動きだ。

あの遺跡で卵らしいものはあったか？

記憶をたどってみるが、それらしいものはなかった。卵と言えば、鳥の卵を思い浮かべるが、そうとも限らないのかもしれない。

「俺、タムルの側にいるためなら頑張るから色々教えてよ」

「あ……ああ、わかった」

ラスがどういう存在にせよ、人に好意を持っていることは大きな救いだ。

生まれたばかりだというラス。

まだ真っ白な存在なら、これから価値観を教えていけばいい。それが自分に託されたのは気が重いが、他の誰かに委ねて利用されるわけにもいかない。

「私が責任を持つ」

嫌々連れてきたが、結果はそれほど悲観するものではないかもしれない。

タムルは表情を引き締めて、夕食を再開した。


シルウェス王国の北側に位置する砦は、隣国スエル王国にまたがる広大な森に面している。森は国ができる以前からそこにある。

かつて魔法が栄えた時代があった。その時代に造られた遺跡が森にはいくつも残っている。下手に壊してしまうと、どういった魔法が発動するかもわからず、自然に両国の間に広がる森での戦争は禁止となった。

お互いに調査するのは国側の浅い地域のみ。馬で一日ほどの距離までが限界だ。

森には多くの魔獣が生息していて、奥深くには未知の魔獣もいると言われている。

シルウェス王国とスエル王国が国境を接していながらも交流が浅いのは、この森が未開の地であるためだ。

お互いを行き来するためには他国をぐるりと回ったほうがよほど安全で、早い。

砦の通常任務は魔獣による襲撃に備えること。

けれど、ここに常駐するほとんどの者の目的は遺跡に眠る魔剣だ。

魔獣はお互いに連携を取ることはない。襲撃といっても、月に一度ほど砦に近づく魔獣がいるという程度だ。それくらいのものであるからこそ、まだ自分の魔剣を持つことのできていない騎士見習い達でも対処ができる。

剣の指導官として赴任したタムルの朝は早い。

午前中に剣の指導をすることが日課となっているためだ。

加えて今日は、ラスを保護したことや見つけた魔剣の報告もしなければならない。早く起きようとは思っていたが、まだ夜明け前に目が覚めるとは思っていなかった。

「……ラス」

自分の腰にしがみつくようにして眠っている子供は、うーんとわざとらしい声をあげて腕に力を入れてくる。

昨夜はラスに隣の部屋を用意した。

シーツ類も新しいものに替えて、タムルの部屋には入ってこないように諭したつもりだった。

それなのに、どうしてここにいるのか。

「ラス！」

大きな声をあげると、ぱちりと目を開ける。腰に手は回したままだ。気配にも気づけなかったタムルも悪いが、厳しく言っておかないと。

「おはよう、タムル」

そう告げた唇が自分の頬に向かっていることに気がついて慌てて避けた。そのとたん、ラスはむうと頬を膨らませる。

「おはようのキスくらいさせてよ」

「それは特別な相手にだけだ！」

言っている自分でさえもどこの箱入り娘の言葉かと思ったが、子供の姿に惑わされてはいけない。生まれたばかりだからといってラスが心も子供だとは限らない。

「じゃあ、特別になろうよ」

にこりと笑って青年の姿に変わるラスに枕を投げつける。意味がわかって言っているのか。もうのんびり寝てもいられないと寝台から起きあがる。

「……」

着替えを取り出すためにクローゼットへ向かおうとして、ラスがこちらを眺めていることに気づく。

「ラス」

「何？」

「着替えるから」

「うん」

そこには悪気などまったくない。

「手伝おうか？」

もう一度枕を投げつけたい衝動に駆られた。


「おはようございます！　タムル様っ！」

これほど朝早くに人が訪ねてくるのは想定外だった。ただでさえ寝覚めが悪くて落ち込んでいた気分がさらに沈んでいく。

「タムル様が朝食のパンは持って行かなかったって聞いて届けに来ました。ついでにそこの朝市で果物も買ってきました！」

大きな籠に詰め込まれたそれを見て、一体何人分の朝食だとため息をつく。

ようやく日が昇ったばかりの時間。朝市でもデーズは最初の客だったのではないだろうか。

「タムル様は朝が早いから、食事もこれくらいの時間じゃないかと思いまして」

正解だ。正解だが、人づき合いが苦手なタムルにとって突然の来訪は迷惑だ。それが騒がしい相手となればなおさらだ。

「ほら、デーズ。帰るぞ」

はっきりと表情に出ているそれを読み取ってくれたのはデーズと一緒に来たパトスだ。

「え、でも一緒に食べようと思って多めに持ってきたのに！」

なるほど。その朝食は四人分か。それなら納得の量だ。デーズもパトスも食べ盛りだ。

「わあ、昨日のお兄ちゃんたちだ！　おはよう！」

後ろから無邪気な声が聞こえて振り返ると、満面の笑みを浮かべた子供のラスがいた。

「あっ、ラスくん！　おはよう。昨夜はよく眠れた？」

「うん！　お兄ちゃんたちも一緒に朝ごはん食べるの？　嬉しいなあ」

どうしてそこまで愛嬌（あいきょう）をふりまくことにしたのかわからないが、ラスはこのふたりに対して無邪気な子供であることを貫くつもりらしい。

ちらりとこちらを見るデーズたちを、中に入れと促す。こんな朝早くに朝食を持って来てくれたふたりを追い返しても、自分が悪者にしかならないのはわかっている。

「へえ、タムル様の家は広いですねえ。確かにここなら砦に住むのが嫌になっちゃうかも」

きょろきょろと周囲を見回しながらデーズがテーブルに籠を置く。

「でもタムル様は、こんな早朝でもタムル様ですねえ。こう、寝ぐせとかついていて夜着のまま というのも期待したのに、身支度完璧じゃないですか」

なるほど。寝起きを強襲した自覚はあったようだ。パトスがデーズの後頭部をはたかなかったら、タムルがそうしていたかもしれない。

「お前は本当に一言二言、三言多い。静かにできないのか」

「褒めたのに！」

「どの辺が！」

パトスの言葉にタムルも同時にそう思った。

「だってタムル様はいつでも完璧で隙がないじゃん。だらけたところとか見たことない。あ、手伝います！」

食器の準備をしようとしたタムルにデーズが駆け寄ってくる。本人の言うように、悪意は感じられない。

剣の腕を頼りに騎士を目指す者達の中には平民出身の者も多い。他人との距離感がタムルとは違う。それだけの話だ。

「僕も手伝う！」

ラスもタムルに寄ってくる。すぐ側にある気配に戸惑った。広いと思っていた部屋だが実はそれほどでもないかもしれない。

砦の隊長は、もう二十年もここにいるベテランだ。年齢は四十半ば。もちろん自分の魔剣を持って騎士としての身分も手に入れているが、この場所を気に入って離れない変わり者でもある。

タムルは執務室の前まで来てノックをする。

午前の鍛錬を終えたあと、タムルは昨日の報告をするよう呼び出された。ラスは鍛錬の始まる前からデーズが預かってくれている。ついでに読み書きを教えると張りきっていたから、今頃はふたりで机に向かっていることだろう。

返事はないので、勝手に開ける。

別に相手を敬っていないわけではない。ここではそういうものだというだけだ。

執務室は奥に大きな執務机、中央に対になるソファと低いテーブルがある。来客への対応もあるためにさすがに質のいいものを置いているが、その使い方は丁寧とは言い難い。今もソファとテーブルの上には魔獣に関する資料が山積みされている。

「昨日は遅かったらしいな」

魔獣の討伐が主な任務のこの砦に相応（ふさわ）しい体格の男だ。まるで熊のように大きな体に、少し白髪の交じり始めた黒髪。顔には無精ひげが生えている。

「……傷を負ったか？　いつもより少し体が傾いている」

そんなつもりはない。背中に負った傷はまだ痛みを伴っているが、普段どおりに歩いていたはずだ。デーズもパトスも気がつかなかったのにわずかに庇（かば）うような姿勢をとってしまったか。

「もう治りました」

「ほう？」

サルバ・ゼノ。それがこの砦の隊長の名前だ。

サルバはとんとんと執務机を指で叩く。

「これを」

差し出したのはタムルが遺跡で見つけた魔剣だ。サルバは少しだけ顔を歪ませてそれを受け取る。

「違うか？」

「ええ、違いました」

サルバもまたタムルと同じように言葉が少ない。けれどサルバから『残念だ』という言葉を聞いたことはない。いつかタムルが使える魔剣が見つかると信じているかそうでないかはわからないが、タムルが遺跡探索に行くのを黙って見送ってくれている。タムルにとってはそれで十分だ。

「子供を連れて戻ったらしいな」

「はい。あれは……」

報告をしようとしたタムルにサルバは軽く手を振った。

「いらん。余計な報告は聞かない。俺は知らなかった。お前が連れて帰ったのはただの子供だ」

ああ、やはりわかる人にはわかる。

サルバの魔力はかなり高いと聞いたことがある。その力と経験で、砦に近づく魔獣を予見したことも一度や二度ではない。

ラスのことはデーズたちから報告を受けていたはず。タムルが連れてくるのがどういうものか、事前に確認して知らないふりをすることに決めたようだ。

「いくつか約束事をさせましたが……」

「知らん。聞かん。あれは子供だ。それ以上、言うな」

サルバの表情が少し疲れたように見えるのは気のせいか。いや、そうじゃない。タムルだって同じような顔をしている。

「これはひとりごとだが……、ああいうものは、気に入った人間を大切にしすぎて他の者を簡単に排除しようとする。そういう事態にならないよう気をつけろ」

「……」

タムルはゆっくり天井を見あげる。

「もちろん、お前が責任を持って面倒をみるように。そしてできれば円満に出て行ってもらえるように努力しろ。拾ってきたものは責任を持てよ」

好きで拾ってきたわけではない。どちらかと言えば、拾われたのは自分のほうだ。

「話は以上」

ぱん、と執務机を叩く音がしてタムルは執務室を出るように促された。これ以上話を続ける気はないらしい。

せめて相談くらいさせて欲しかった。

ラスの姿を思い浮かべると、不安しかない。うまくやれるだろうかと、タムルはもう何度目かわからないため息をついた。


「タムル、見て見て！　これ、僕の名前っ！」

サルバの執務室を出ると、待ち構えていたようにラスが廊下を走ってきた。手で持てるほどの小さな黒板に書かれた文字を見て、タムルは目を細める。

決して綺麗とは言い難いが、一生懸命書いたことを窺わせる筆圧の強い文字だ。

「タムル様、ラスくんは天才かもしれません。こんな短時間に、何も見ないで書けるようになったのです！」

デーズが両手を握りしめて熱く語る。確かに上達は早いかもしれないとラスの頭を撫でようとして、タムルは手を止める。

ラスは見た目通りの子供ではない。青年の姿だって取れる。その相手の頭を撫でるのはどうだろう？

止まったままの手を握りしめる。ふと見下ろしたラスが、少しだけ眉を下げた。

「タムル様っ、そういうときはよくやったって褒めて、ぎゅうってしてあげてください！」

デーズに言われて戸惑う。

褒めることはともかく、抱きしめることは必要か。

迷っているのが傍目（はため）にもわかったのだろう。デーズがとんとラスの背中を押す。近づいてきたラスの体を思わず受け止めるように抱きしめてしまった。

その体が思っていたよりも小さくて、慌ててしまう。

「褒めてよ」

「あ……ああ、よくやった」

促されてそう答えると、ラスが笑顔になった。

誰かを褒めることも、そうすることで相手が笑顔になることもあまりない経験で、新鮮だ。

「僕、もっと頑張るね！　今度はタムルが教えて！」

「いや、私はこれから遺跡に……」

まだ午後になったばかりだ。昨日、タムルが行った遺跡は砦から遠いわけではない。

誕生石。

タムルはそっと胸元に手を伸ばす。

いつもそこにあったものがない。それはタムルにとってお守りのようなもので、こうして触ることが癖になるほどだった。

遺跡の洞窟に入る前は確かにあった。

それから、魔剣を見つけた後にも触った記憶がある。

失くしたとすれば、魔獣と戦ったとき。場所ははっきりわかっているから、早く探しに行きたい。

「昨日の帰りは夜遅かったのに、今日くらいはのんびりしてもいいじゃないですか」

「タムル、いっしょにいられないの？　怪我もまだ治ってないのに、行っちゃうの？」

ラスがふにゃりと眉を下げる。

「怪我？」

しまったと思ったのは、デーズがその単語を拾って聞き返したからだ。

「タムルは背中に怪我をしたんだ。だから、心配で」

「タムル様っ？」

あまりの大声に思わず耳を塞ぐ。

「大丈夫だ。支障はない」

「支障があるかないかではないです！　万全でないなら、鍛錬も休んでください」

「万全だ」

「どうしてそんな涼しい顔で嘘をつくのですかっ」

「嘘ではない」

無理があるならタムルも休む。だが、午前の鍛錬でも問題はなかった。その証拠にサルバ以外の誰もタムルの不調に気づいていない。

「ちょっと来てください」

「どこにだ?」

「医者のところです。医者が大丈夫だと言えば、僕も諦めます!」

タムルはぎゅっと眉根を寄せる。

医者が嫌いなわけではないが、傷を見せることでその傷の治り具合を怪しまれたらどう答えていいのかわからない。それに傷はこれから先も異常なほど早く治って行くはずだ。ラスが治療をするのだから。

「医者はいらない」

「タムル様!」

「本当だ。そうたいした怪我でもない。子供のラスには大げさに見えただけだ」

デーズは納得のいかない顔でタムルを見つめるが、医者に見せることは無理だ。

「心配だというのなら鍛錬に顔を出せ。万全だということをわからせてやる」

背中にはわずかにひきつれるような痛みがあるだけだ。それが動きを鈍らせることはない。

あったとしても、誤魔化せるだけの技量はある。

「ですが、しばらく探索は控えてください。もし行くのなら、僕とパトスを連れて行ってください！」

真剣な言葉に、このあたりが折れるところか。失くした誕生石を早く探したいという気持ちはあるが、無理を通して医者に連れて行かれても困る。

「……しばらくの間、だけだ」

そうすればラスの治療も終わる。治療が終わればいくらだって傷を見せても大丈夫なはずだ。

「じゃあ、午後はゆっくりなさってください」

どうしてタムルのことでデーズがここまで怒っているのかはわからないが、首を縦に振る。

「ラスくん、これから午後はタムル様が勉強を見てくれるよ」

「本当っ？　今度はタムルの名前を書くから、教えてくれる？」

黒板を差し出されて、もう癖になってしまったため息をつく。ラスは子供という立場の使いかたをよく知っている。

「私は教えかたがうまくないぞ」

「でもタムルがいい！」

ラスが頷くのに合わせてデーズも、うんうんと頷いている。すっかりラスのペースに嵌められているようだ。決してデーズが思っているような微笑ましい光景ではないのに。

「じゃあ、場所を借りてきます！」

「必要ない。家に戻る」

駆け出していこうとしたデーズがぴたりと足を止める。

「帰るのですか？　僕、非番だから一緒に勉強見ようと思ったのに……」

これではどちらが子供かわからない。

「砦の仕事が非番だからといって、今日の鍛錬がなくなるわけじゃない。午前はラスの面倒を見ることで潰れているから、午後は当然いつもの倍くらいか？」

「あ！　ああっ、用事があるのを思い出しました！　タムル様、失礼します。ラスくん、またね」

デーズはわざとらしいくらいに大きな声をあげて走り去っていった。いっそ清々しいとさえ思えるほどだ。

「あ」

ラスがタムルを見あげる。

「タムル、笑っている」

笑っている？

そんな場合ではない。目の前にいるラスは子供ではないし、自分はラスを見ていなくてはいけない。

どうして気が緩んでしまったのかわからないまま、タムルはきゅっと表情を引き締めた。

「おかえり、タムル！」

笑顔でタムルを迎えるのは、子供の姿のラスだ。

タムルはいつも午前の鍛錬が終わると家に戻って昼食をとるが、そこにラスが加わって一週間が過ぎた。

「ああ、ただいま」

「今日はサンドイッチを作ったよ。お隣のおばさんが卵をくれた」

ラスはタムルなどよりよほど社交性がある。

すぐに近所の奥様方と仲良くなって、食事の作りかたを教わり始めた。

全てを任せるのも気が引けて夕食はタムルが作るが、ラスの作る昼食は料理が苦手なタムルの夕食よりよほど豪華だ。

「背中は痛くない？」

「痛く……ない」

少しだけ口ごもるのは、あれから毎日続いている治療のせいだ。

鍛錬のあとに悪化していないか知りたいからと、ラスはタムルが戻って来るこの時間に治療をする。

「もういいのに」

「だめだよ」

椅子に腰を下ろして、服のボタンに手をかける。

傷を負って追い詰められていたときならまだしも、今更こうして肌を晒すことに気恥ずかしさを感じる。

上半身の服を脱ぐと、窓から差し込む光のせいで白い肌がはっきりと見えてしまう。タムルはこの白い肌が嫌いだった。どれだけ日に当てようと黒くなることはなく、筋肉をつけても柔らかく見えるこの肌はまるでまだまだ鍛錬が足りないと言っているかのようだ。

「ほら、まだ傷が残っている」

冷たいラスの指が背中に触れて、びくりと体を震わせた。

声はもう少年のものじゃない。青年の姿に戻ったラスが日の光に照らされたタムルの背中を眺めている。

背中の髪を手に取って、邪魔にならないよう前に流すとラスの顔が背中に近づいた。

ふう、とラスの息が背中にかけられてタムルは手を握りしめる。湿った感触が背中に当たって、思わずあげそうになる声を必死で止めた。

魔力がないタムルにはラスがどういったことをしているのかはわからない。それでもそうしてラスが触れると、ひきつれたような痛みが幾分か軽くなる。

痛みはもうほとんどなく、剣を振るうのにも違和感を覚えない。治療ももうすぐ終わるはず。

「傷が治れば、ラスはどうするつもりだ」

傷を治したいからついて行くと言っていたような気がする。背中を這うラスの唇から意識を逸らせたくて声をかけると、ラスの動きがぴたりと止まった。

「タムルは僕がここにいちゃ、迷惑？」

泣きそうな声に振り返ると、少年の姿を取ったラスが泣きそうな目でタムルを見あげている。

迷惑か、迷惑でないかと言われれば迷惑に決まっている。

ラスがいることで、森への探索には行けない。

あの日失くした誕生石を探しに行きたいが、まだそれは実現していない。

「一緒にいたいのに」

嘘泣きだとわかっていても、子供の姿でそうされると良心が痛む。ラスのほうも狙ってそうしているというのに。

「長くは一緒にいられない」

「身分証を貰えるまでかな？」

ラスは砦に来たときの書類では十歳の子供とされた。魔獣に攫われて、元の住所や親は不明。

したがって身元引受人にはタムルの名前が記載されている。

「お前、二年もここにいるつもりなのか?」

服を着ながらタムルが問うと、ラスは悪びれることなく笑った。

人ではないもの。

人の力を超えたもの。

それがどれだけ危険かはわかっているつもりでいても、こうして笑うラスを見ていると忘れそうになってしまう。

「だってタムルの側は居心地がいい」

「いくら居心地がいいからと言っても、私とお前とでは住む世界が違う」

タムルはいずれ、王都へ戻る。

魔剣さえ見つかればすぐにでも戻って騎士になる。

ラスにはきっと無理だ。人が少ないこの場所ならば、どうにか紛れ込むことができても、王都で人を装うことは難しい。

「でも僕はタムルの側で生まれたから、タムルの近くにいないと」

「別に縛られることでは……縛られるのか?」

ラスがどういう存在なのかはわからない。人に当てはめて考えているととんでもないことになることだってある。

「もうしばらくはね。タムルの側にいないと、力が安定しない」

「力の安定？」

「生まれたばかりだから。タムルが側にいると居心地よくて落ち着く」

タムルの腰に手を回すラスの頭を自然と撫でてしまう。最初は戸惑ったその行為も慣れてしまえば自然にできるようになるものらしい。

「私はお前の親のようなものなのか？」

「ちょっと違うけど、近いかな。僕が不安定な存在になるのは怖いでしょう？」

それは一体、どういう脅しだ。

「タムルは怪我が治る。僕は力が安定する。ほら、両方とも損はない」

「だが……」

「もう、いいでしょう！　僕はタムルと一緒にいたいの！」

ラスが作ってくれている食事を食べているせいか、それとも、こうして一緒に暮らしているからか。一緒にいることがそれほど嫌ではないと思い始めている自分にタムルはそっとため息をつく。

「もうしばらくだけだ」

そう告げたのは自分に言い聞かせるためだったのかもしれない。

「あれ、指導官殿が食堂とは珍しいですね」

パトスからそう声をかけられて、タムルは少し眉根を寄せた。

もともと騒がしい場所が苦手なタムルは食堂を使うことは少なかったが、様子を見に来たデーズに待ったをかけられた。

「あんな食事を育ち盛りのラスくんに食べさせられません！」

「タムルのごはん、美味しいよ？」

首を傾げるラスに、いい子だと大げさに頭を撫でるデーズだが、タムルはそんなにひどい食事を用意していたつもりはない。

タムルなりに健康にも気遣い、野菜もたっぷり入ったスープを用意していた。それなのにダメだしをされた理由がわからない。

「ジャガイモが丸のままだったのに！」

「問題があるのか？」

その分、煮込めばいい。それに少々中が固くても食べられないものでもない。皮さえ剝いておけば食べるのに支障はないはずだ。

「大ありです！　ジャガイモは一口大に切る、肉は骨を外す、酒を入れすぎない！」

「……何の問題もない」

「ありますっ！」

必死なその声に笑い出したのは食堂にいた他の者たちだ。今の会話のどこに笑う要素があったのかと見渡してみるが、目があったとたんに逸らされてしまう。

「まさか指導官殿が丸のままのジャガイモを食べているとは……」

パトスさえも肩を震わせているのを見て、タムルはますます眉間の皺を深くした。

「それに料理に使う酒は、安物で十分です！　いいですか、間違ってもグスタール産のワインなど使ってはいけません」

グスタールはワインの産地で有名だ。そこのワインはくせも少なく、いくらでも喉を通ると言われている。ここに赴任してから送られてくる実家からの荷物に必ず入っている品だ。

騎士になると言って家を飛び出してから十年近く。実家とは連絡もとっていなかったのに、砦に赴任したという話をどこからか聞いたらしい。

貴族であれば子供に支援をするもの。そうした体裁を整えたいだけだろうが、いつしかそれは定期的に送られてくるようになっていた。

実家とは疎遠になっていても、送られてくるものに罪はない。使えるものは使っていたが、ラスが来るまでワインなどは倉庫に溜まるだけになっていた。ラスが倉庫から出してこなければ存在も忘れていただろう。

「あれは料理に合わないのか？」

「違います、料理にはもったいないのです！」

「あはは。確かに、あのワインは美味しいよね」

ラスが声をあげて笑ったところで周囲がしん、と静まり返った。

「ちょっとお聞きしますが、指導官殿」

詰め寄ってくるパトスの目が据わっている。

「こんな子供にワインを飲ませているわけじゃありませんよね？」

そんなわけはない。ラスは家では二十歳くらいの青年の姿を取っている。子供にワインを飲ませているわけではない。青年の姿のラスが勝手に飲んでいるだけだ。

「ご、ごめんなさい。タムルが美味しそうに飲むから、僕がこっそり飲んじゃっただけで……」

「指導官殿！」

「タムル様！」

ラスが白状したにも拘わらず、デーズとパトスがタムルに詰め寄った。

「こんな子供にワインを飲ませたのですか！」

「勝手に飲んだという言い訳は通用しません！　大人には監督責任というものがありますから！」

「……」

自分は悪くない。

そう言いたいものの、今更ラスが自在に姿を変えられると説明するわけにもいかなくて、タムルはふいっと顔を逸らす。

「タムル様の家の酒は、すべて没収いたします！」

デーズが腕を組んで宣言した言葉に驚いて振り返る。

「飲むときはここで飲んでください。ここに置いておけばタムル様が目を離してもラスくんが勝手に飲んでしまうことはありません」

「……ここに置くと、知らない間になくなるのではないか？」

「タムル様の酒に手をつけるような命知らずはおりません！」

自信満々にデーズは言いきるが、ぐるりと周囲を見渡すと目を逸らすものが数人いる。あきらかにグスタール産のワインを狙っている者たちだ。

美味い酒がそこにあれば手が伸びる。ダメだと言われればなおさらに。

「わかった」

タムルは大きく息を吐く。

このまま家に置いて、またラスに飲ませたと疑われるのも面倒だし、ここに酒を運んで、毎日数を数えるのも面倒だ。

「今からここに家にある酒をすべて持ってくる。そして、全員で飲んでしまおう」

一瞬、しんと食堂が静まり返る。

「……何か不満があるのか？」

こっそり飲まれるくらいなら、みんなで一度に飲んでしまえばいいと思ったが。

首を傾げた瞬間に、食堂にわっと歓声があがった。

「不満など！」

「ワインは一体、何本くらい？」

「おい、料理係につまみを増やすように頼んでくれ！」

「指導官殿、家から酒を運ぶのに何人くらいいればいいですか？」

一度に色々な声をかけられて、そのあまりの音量にタムルは耳を塞ぐ。

「ワインは三ダースほど、あとは棚にウイスキーやブランデーが十本ほどか」

「三ダース」

「ウイスキー」

「ブランデー」

再び歓声があがる。

タムルは送られてくるものを受け取っているだけだが、ウイスキーやブランデーは高価だ。

騎士見習い達には手の届きにくいものに違いない。

たちまち、タムルの家に行く者が選別され、それ以外の者は料理係の手伝いに厨房(ちゅうぼう)へ走ったり、仲間を呼びに行ったりと機敏に動き始める。これほどの連携は訓練中にもそう見られるものではない。

「いや、それほど多くはないぞ。全員が満足いくほど飲めるわけでは……」

砦には五十人ほどの兵士や騎士見習いがいる。単純に計算すればひとり一本ほどだ。ここの男達が酔ったりするような量ではない。

「大丈夫です。足りないぶんは麦酒(ビール)で！」

パトスが、ぐっと親指を立てる。

「おい！　ウイスキーやブランデーは水割りもうまいと言うぞ！　今から泉に水を汲(く)みに行く奴(やつ)はいないか！」

「行く行く！　そのかわり、一本は確実に貰うぞ！」

泉というのは、怪我をしたときに寄った場所のことだ。いつでも冷たい水が湧いていて、その水は確かに井戸水とは比べ物にならない美味さだが……。今はもう、日が落ちようという時間。日が落ちてしまえば魔獣の動きも見えにくく、森へ入る者はほとんどいないというのに。

「よし。では有志三名のぶんとして特別にウイスキー、ブランデーを一本ずつ確保しよう！」

誰かの声で我も我もと手を挙げ始めるから、物欲とは恐ろしい。まあ、森の奥深くに入るわけではない。馬で駆ければ砦の門から五分とかからない距離だ。三人で行けばそれほど危険はないはずだ。

「では私はラスを連れて戻る。しばらくしたら取りにきてくれ」

「え、指導官殿は一緒に飲まないのですか？」

もともとラスに酒を飲まさないために家から酒を出すという話だ。ここにタムルが残れば、自然にラスも残ることになってしまう。そして、酔っぱらった大勢の男たちでは……きっと誰かがラスに酒を飲ませ始める。そうしてまた理不尽に文句をつけられても困る。

「それほど飲むほうではない」

だから、実家から荷物が届くたびに酒が溜まっていく。騎士見習いになるために早くから実家を出たせいもあって、家族の誰もがタムルの酒量などはわからないまま適当に物を送ってきているせいだ。

「それにラスをひとりで家に置いておくわけにも……」

「大丈夫です。まだ女性陣が退勤前です！　ワイン一本と引き換えにラスくんの面倒を見てくれる人を探します！」

確かに砦には侍女のような役割で勤めてくれている女性がいる。そういった者たちは街から通いで来てもらっている。子供がいる者も多いのでラスひとりを一晩見るくらいならば引き受けてくれる。だが……。

ちらりと隣に座るラスを見るとぷうと頬を膨らませている。

自分からこの姿を取ったうえであざとくふるまっているくせに、子供扱いされるのが気に入らないらしい。

「ぼ、僕はタムルと一緒がいい……っ！」

立ちあがりかけたデーズがピタリと止まる。

「僕がいると迷惑？　タムルは僕と一緒じゃ嫌なの？」

嫌に決まっているが、目に涙を溜めて見上げる姿に慌てているのはデーズだ。

「ご、ごめんっ！　ラスくん！　違うよ。迷惑とかそういうことじゃなくて、大人が酒を飲む場所に子供がいると、何があるかわからなくて」

「僕、いい子にしているから……っ。デーズ兄ちゃん、一緒にいちゃダメ？」

デーズ兄ちゃん？

初めてそんな風に呼んでいるのを聞いた。ふと見ると、デーズがふるふると震えている。

「ラスくんが、デーズ兄ちゃんって……！」

ああ、デーズはかなりの子供好きだ。健全な意味で。

「いいっ、いいよ！　僕が面倒見るから！　タムル様が酔いつぶれても、あのおじさん達からは僕が守ってあげる！」

おじさん達……。

周囲の騎士見習い達は年長でも二十四歳くらいまでだ。それ以上の年齢になって魔剣を得られない者は騎士になることを諦める者が多い。けれど、十六歳のデーズから見れば二十四歳は十分におじさんだ。ごつい男たちが多いせいもあるかもしれないが。

「では私は酒を取りに行く。その間、ラスを見ていてくれるか？」

タムルが立ちあがるのに合わせて、酒を取りに行く気満々の数人も立ちあがる。力自慢の者がこの役についたらしく、ついてくるのは暑苦しい男達ばかりだ。

「任せておいてください！」

ビシッと胸を叩くが、その顔はラスにデーズ兄ちゃんと呼ばれたことで崩れきっている。

「じゃあ、僕はデーズ兄ちゃんと一緒に待つ！」

にこにこと笑うラスに頷くと、ラスは思い出したようにタムルに駆け寄ってきた。タムルの袖を引いて、背伸びしてこそこそと何かを囁く様子にデーズが笑み崩れているのがわかる。

周囲から見れば、ほのぼのとした姿だ。

「棚の右奥にある赤いラベルのものは隠しておいてくれ」

タムルにこっそり告げられた内容は決して可愛らしいものではなかったが。


「かんぱーいっ！」

はしゃいだ男たちの声が食堂に響き渡る。

いつの間にか砦の兵士や騎士見習い達が集まり、杯を手にしていた。今日の警備担当の者達には未開封のワインがひとり一本配られることになっているが、それだけでこの宴会に参加できないのは可哀想かもしれない。

タムルは酒だけでなく、家に眠っていたチーズやハムもついでだからと持ち出してきた。タムルの実家は裕福な貴族だ。その上、末っ子のタムルに対して過保護だった。

もう十年近く前のことなので今もそうだとは限らないが。

仕送りは必要ないと伝えたほうがいいのか、無視を決め込むべきなのか……はっきり決められないまま、ずるずると受け取り続けている荷物。

タムルとしてはいい在庫処分ができたとありがたいくらいだが、杯を傾けている者達は次々にタムルに礼を言いにやって来る。

「いやあ、こんなにいい酒を飲める日が来るとは思ってもみませんでした。ありがとうございます、乾杯！」

「正直、酒は全部同じだと思っていましたが、グスタール産のワインは別格ですね。これからこういう酒が飲めるように頑張ります、乾杯！」

「ありがとうございます、乾杯！」

やたらと乾杯されるので、自然に飲むペースも早くなってくる。

今までタムルにとって他人と関わることは面倒なことでしかなかった。ここにいる者たちとも、こうして一緒に酒を飲んだことはない。

なぜかと言われれば、答えは簡単だ。

馴染もうとするよりも、壁を作ってしまうほうが楽だった。ただそれだけのこと。

今もまだ、壁はある。

だが、タムルと彼らを繋ぐ細い穴が開いてしまった。

ラスが壁などないかのようにタムルと周囲を繋いでしまうから、ほんの小さなその穴が少しずつ広がってきているような気がする。

ふと見ると、ラスは数人の男たちに交じってカードゲームを始めていた。笑っている顔は作り物には見えない。

「……」

嫌だと逃げることもできる。

今までと同じように、関わる気はないとまた壁を作ってしまえばいいのに……。

「あ、タムル様。もっと飲んでください！　乾杯！」

向けられる笑顔に、こういうのもたまには悪くないかと酔いに任せて杯を重ねた。

「タ、タムル様？」

焦ったようなデーズの声に顔を向けると、慌てた様子でこちらへ走ってくるのが見えた。その顔が面白くて、ふっと口元が緩む。

「うわあ！　ダメです！　そんな顔しちゃいけませんっ！」

自分はどんな顔をしていたのだろう。

すぐ目の前に立ちふさがるように立ったデーズは、きょろきょろと周囲を見回した。

数人が赤い顔をしてこちらを見ているような気がするが、嫌な顔をしている者はいない。それほどおかしな顔をしていたわけじゃないはずだ。

「タムル様、飲みすぎじゃないですか？」

「大丈夫だ。それほど弱くない」

安心させるために再び笑ってみせると、デーズの顔が真っ赤になった。タムルを心配している場合だろうか。デーズは成人を迎えたとはいえ、まだ十六歳だ。

「そっ、そんな蕩けたような顔して笑われると……っ！」

「お前のほうが酔っていないか？」

赤い顔が心配になって、デーズの頬に手を伸ばす。指が触れると、デーズはぱくぱくと口を動かした。

「タ、タム……様っ！」

「ほら、そろそろ酒はやめて部屋に帰ったほうがいい」

こんなに真っ赤になって、呂律も回っていない。

「い、いや大丈夫です！　僕はラスくんを見ていないと！」

「ラス……。ああ、そうだな。そろそろラスを連れて帰らないと。ああ、ラス。そこにいたのか」

ラスはデーズのすぐ後ろに立っていた。

「大人ばかりでつまらないだろう？」

心なしか目がこちらを責めているように見える。自分ひとりが飲めない宴会などつまらないに決まっている。

「そろそろ帰るか」

ゆっくりと立ちあがる。うん、ふらつくほど飲んではいない。自分にしては飲みすぎた気はするけれど意識もはっきりしている。

「送りますっ」

「大丈夫。デーズももう部屋に戻って寝なさい」

あんな赤い顔をしているのに、タムルを誘ったことに責任を感じているのかもしれない。大丈夫、と言いたくてデーズの頭に手を乗せて撫でた。

「えっ……、あのっ……！」

「うん？　ああ、そうか。おやすみの挨拶がいるか」

タムルはゆっくりとデーズに手を伸ばす。実家でよく母がそうしてくれたように。

酔っていないという者ほど酔っているという言葉はさっぱり頭に浮かばなかった。

「おやすみ、デーズ」

耳元で優しく囁いて、頬に軽く唇を……当てようとした瞬間にデーズが床に崩れ落ちた。

「……！」

声にならない声をあげて、タムルを指さしている。

「立てないくらい飲んだのか？　部屋まで送ろうか？」

「おや……っ、おやすみの……っ。うえええっ！　いや、部屋まで送るってまさかそういうお誘い……。いや違う！　落ち着け、僕っ！」

床に向けて何か叫んでいるデーズに首を傾げていると、すっと目の前まで来た人影があった。訓練のとき以外はあまりしゃべったことのない騎士見習いのひとり。名前は……と考えていると、彼はごくりと唾を飲んで叫んだ。

「わ、私にもおやすみの挨拶をいただけないでしょうかっ」

体が緊張で強張っているように見える。まあ、おやすみの挨拶が欲しいと子供じみた要求を言うのは恥ずかしいのかもしれない。

ずるい、と所々で声があがる。強がっていても家族と離れて寂しい者が多いのかもしれない。

俺も俺もと数人が立ちあがる気配に思わず笑った。

まあ、いいか。おやすみの挨拶くらい何人にでもしてやろう。

今までここにいる騎士見習い達とこれほど距離が近かったことはない。酒の力のせいにして、今日くらいは。

どこか浮き立つような気分のまま、ふわりと手を伸ばす。

「おやすみ、カイ……」

カインというのが彼の名前だったはず。そう思って耳元で囁いた瞬間に、後ろからぐいっと服を引っ張られた。

頬に触れようとしていた唇はまたしても空振りする。

「ラス？」

後ろから服を引いたのはラスだ。

「僕、もう眠いなあ。早く帰ろう、タムル」

可愛らしい声をあげてはいるが、目は笑っていない。タムルに文句があるらしい。

「だが、おやすみの挨拶を」

「そんなの、僕にしてくれればいいじゃないか」

抱っこ、とでも言うように両手を広げられてタムルは大きく息を吐いた。

「すまない。ラスが眠いようだ」

果たしてラスに眠いとかそういう概念があるのかは謎だが、本人がそう言っている以上、叶（かな）えてやらなければ機嫌が悪くなる。

子供姿のラスの体なら重いということもない。

「みんなは楽しんでくれ。ではまた明日」

片手で抱きあげて歩き始めると、不満の声があがった気もするが、いくら酒の提供者とはいえ堅物の指導官がいたのでは楽しめないはずだ。

食堂を出ると、廊下は普段より静かだった。ラスが耳元で囁く声が大きく聞こえる。

「タムル」

「何だ？」

「タムルは、お酒を飲まないほうがいいよ」

真剣なラスに思わず笑ってしまう。

「別に酔ったりしていな……痛い」

その瞬間に頬を抓られてしまう。ラスを抱きあげているのでタムルには抵抗のしようもない。

「あんな蕩けた顔を連中に見せて、おまけにおやすみのキス？　キスは特別じゃなかったの？」

「キスはしていない」

「していた」

「触れてもいない」

デーズは触れる前に崩れてしまったし、カインはラスが引っ張ったためにできなかった。

「みんな案外、寂しがり屋だな」

「違う。絶対に違う」

もう一度頬を抓られて、かなり痛い。手加減はしてくれていても痛いものは痛い。

砦を出ると、ひんやりと冷たい風が心地よかった。ラスからは、まだ先ほどのタムルを責めるような言葉が続いていたが適当に聞き流して家への道を歩いた。


「タムル」

ラスが名前を呼んだ。

そう思った瞬間、ずしりと抱える体が重くなって慌てて手を放す。

「わかっているの？」

家に戻るなり、一瞬にして姿を変えたラスは青年の姿で腕を組んでいた。やっぱり飲めなくて機嫌が悪いらしい。まだ夜半は過ぎていない。一杯くらいなら一緒に飲んでもいいかもしれない。

「ああ、赤いラベルの酒はちゃんと隠して……」

「違う」

ぐっと詰め寄られて、窓際にあるカウンターテーブルに腰があたった。テーブルに両手をつくようにして囲い込まれて困惑する。

「赤いラベルの酒だって言っていただろう？」

もしかして隠す酒の種類を間違えたかと心配したが、そうではないらしい。ラスはタムルの顔を見つめて大きくため息をついた。いつもため息をつくのはタムルのほうなのに奪われてしまった。

「さっきの話！」

「さっき？」

「おやすみの挨拶！　この間は特別の相手とだけだって言ってさせてくれなかったのに」

ああ、その話はまだ続いていたのか。

「みんな寂しいのかもしれない。家族と離れてこんな場所で……」

ぎゅ、とふたたび頰を抓られて眉を寄せる。子供の姿のラスがするならば可愛いが、大人の姿だと腹が立ってくる。

「寂しいことの種類が違う。ここは二十歳前後の男たちが集団で暮らす場所だよ。あんな油断した顔を見せて襲われたらどうするの？」

「……」

一瞬、何のことかと考えた。

けれど、それがあり得ないことだと気づいて吹き出してしまう。

「私を襲う者などいない」

「もう、これだから」

ぎゅうと抱きしめられて、肩にラスの頭が乗った。

「タムルは綺麗だよ。それにずっと努力していてすごい。誰だってタムルを好きになる」

「……私は『残念』な男だ」

貴族と名のつく家系であれば、少しくらいの魔力は持っている。ましてタムルの実家は魔法使いを出すことで有名な家系で、タムルの持つ銀色の髪は魔法使いに多く現れる特徴のひとつだった。

『残念だ』

最初にそう言ったのは誰だったか。

魔法使いになれるかどうかは十歳前後に魔法を発現させることができるかどうかで決まる。銀色の髪を持つのに、魔法を発現させることができなくて残念だと誰かが言った。

だが、そのときは悲観などしていなかった。タムルは騎士になりたいと思っていたから。魔法が使えれば、魔法使いにならざるを得ない。魔法使いになれなかったことは、むしろ跳びあがりたいほど嬉しかった。

騎士になると家族に告げたとき、家族の誰もが反対した。お前に騎士が務まるわけがない。うちの家系では騎士を目指した者はいない。どれだけ説得しても埒があかずに、結局は家出同然で騎士見習いになった。

幸い、剣の才能はあった。

だが、いざ騎士になろうとしてまたタムルはあの言葉を聞くことになった。

『剣の才能があるのに、魔力が欠片（かけら）もないとは残念だ』

耳を塞ごうとも、自分に対しての評価がそれだということは嫌でも聞こえてくる。

普通の剣で魔剣を持つ者と互角に渡り合える。魔獣に対する知識が豊富なため、正確に核を打ち抜いて魔獣を倒すことができる。

だが、タムルが扱える魔剣はない。

『残念だ』

何度となく聞いた言葉がまた繰り返される。そのたびに、まだだと叫んだ。

「私はまだ、何者でもない」

「こんなにタムルの側は心地いいのに。人間は見る目がない」

ラスが目を閉じる気配がする。

ラスはよく、タムルの側は心地いいと言うが、何がそんなに気に入っているのか。人ではない者の考えることはわからない。

「魔法使いの家系に生まれた。銀色の髪。剣の腕」

「タムル？」

「皆が勝手に私に期待して、そしてがっかりする。『残念』だと同情の視線を向ける」

ああ、自分はやはり酔っているのかもしれない。

タムルは大きく息を吐きだす。

「私は人より多くのものを持って生まれたはずだった。けれどそれは全部、魔力がないという……ただそれだけのことで崩れ落ちていく」

じっと見つめる手を、ラスもまた見つめている。

「タムルは魔力がない？」

「ああ。欠片もない。少しでもあれば魔剣を使うことができる。そうすれば騎士になれるのに」

「魔力……」

ラスは人より多くの力を持っている。魔力がないということがどういうものか想像もつかないはずだ。心配するようにこちらを見るラスに笑ってみせる。

「魔力があれば、タムルはどうしていた？」

「そうだな。きっとここには来ていない。魔剣を手に入れる伝手(つて)はいくつかあったから、その中で合うものを選んで騎士になっていた」

剣の実力があったタムルは、現役の騎士達から稽古をつけてもらうことも多かった。古参の騎士の中には引退をするときにはタムルに魔剣を託すとまで言ってくれた者もいた。

「私はそういう期待を裏切ってしまった」

彼らに魔力がないと自分で伝えることはできなかった。

「私は弱い」

自分自身だ。

「いや、弱い。気を抜けば諦めてしまいそうだ。私は騎士になりたいのに」

これ以上、『残念』だという言葉を聞きたくなかった。距離を置くことで守りたかったのは

気を張りつめていなければ、そのいつかが目前に迫ってきているようで怖い。

一番恐れているのは、いつか自分の口から『残念』だと言ってしまうこと。

「タムル……」

ラスの泣きそうな声に、これではいけないとゆっくり首を横に振る。

「どうしてお前が泣きそうになる?」

「だって、タムルはすごいのに！　弱くもないし、だから！」

「魔剣が使えなければ、騎士になれない」

いくら剣の腕に優れていても、魔獣と戦うことができても認めては貰えない。

「そんなの、タムルのせいじゃない！　俺がもっと早く生まれていたらタムルにこんな思いをさせなくて済んだのに！」

「そんなことない！」

タムルよりも必死にタムルを守ろうとしている様子に頬が緩む。

誰もが残念だとタムルに背を向けた。それを見返してやりたいと思っていたのに、ラスの言葉にギスギスと音を立てていた心が少し軽くなる。

「すまない、少し弱音を吐いた。酒のせいだな」

そう、きっとそのせいだ。

今夜は少し楽しくて……だから気が緩んだ。

「大丈夫。まだこれからだ」

魔力がないことを嘆くつもりはない。自分が使える魔剣を探せばいいだけのことだから。

だからこれは、今日だけ。

秘密を共にするラスにだけ告げること。

「私は、大丈夫。まだやれる」

子供の姿のラスならぎゅっと抱きしめることができるのにと思ったが、もうどちらでもいい気がして青年の姿のラスを抱きしめる。

「私はまだ諦めない」

ぐらりと体が傾いた気がしたが、それを受け止める腕があることに安心してタムルはゆっくり瞼（まぶた）を閉じた。


「重心を意識して繰り出せ」

叫んだあと、タムルは自分に向けて振り下ろされた木刀に、手に持っていた木刀を合わせた。

からんと音を立てて地面に落ちたのは振り下ろされた木刀だ。

　食堂での宴会から数日が過ぎ、タムルの指導を受ける者が増えたようだ。今日も、もうすぐ太陽が真上に来る時間になっても打ち合いが続いていた。

「体重が乗っていないから剣が軽くなる。剣先が定まらない。次！」

　木刀を拾う騎士見習いに一言告げた後は、すぐに他の騎士見習いに向けて声をかける。

「肩。それから肘。手だけでなく腕全体のバランスを意識しろ」

　木刀を構えたまま動かない相手に距離を詰めて、その木刀を叩き落とす。

「次！」

「うおおおっ！」

　真後ろから近づく木刀を一瞥もせずに避ける。振り向きざま、相手の背に軽く木刀を当てると、空振りで重心を失っていた体がよろけて転ぶ。

「不意打ちをするのに大声をあげてどうする？」

　その呆れた声に笑ったのは周囲で見ていた者たちだ。

「今の三人は訓練場を十周」

　そう告げてタムルは木刀を下げた。訓練場の端に移動すると、数人が飲み物を飲んだり汗を拭いたりしている。そこに不似合いな少年が、ひとり。

　子供の姿のラスが大きく手を振っていた。

「……ラス？」

「タムルのかっこいいところ見たいって言ったら、デーズ兄ちゃんとパトス兄ちゃんが連れてきてくれた！」

その言葉通り、ラスの両側にふたりが立っている。

普段なら鍛錬を終えて戻って来るタムルを家で待っている時間。

家に戻れば背中の治療。そのあとは一緒に昼食をとって、午後はラスの勉強を見てやることが日課になっていた。

しかし、タムルの怪我ももう全快と言っていい。今日は久しぶりに遺跡の探索へ出かけようかと思っていた。

そのためにラスには午後からの課題を残してきたが、やはり気に入らなかったらしい。こういうときにラスは容赦なくデーズやパトスを利用する。

「タムル、強いね！」

「指導官殿にかかると騎士見習いでも、ただの素人に見えてくるよな」

パトスが自分のことのようにタムルの自慢をする理由がわからない。

「軽口をたたく暇があるのなら、お前も十周してくるか？」

「あ！　しまった。そろそろ見張りの交代時間だ！」

パトスは大げさなくらいに声をあげて走り去ってしまった。いつかのデーズと同じような逃げかただ。

「でもタムル様はすごいですねえ。どうして先輩方の欠点がわかるのですか？　僕にはさっぱり」

デーズがタムルに汗を拭くための布を差し出してくれる。

「見ているだけだ」

布を受け取って、タムルは静かに答えた。

対峙すれば、自然に見えてくる。重心を右に傾ける癖がある、打ち込む瞬間に息が乱れる、リズムが悪い。わずかに引っかかる箇所を掘り下げていくと必ず原因があり、そこに弱点が潜んでいる。

「じゃあ、僕はどういうところに気をつければいいですか？」

「お前はまず、しっかり食べて体力をつけろ」

デーズは最年少ということもあるが、体が小さい。小さいなりにうまく使えてはいるものの、もう少し体力があればもっと多くの敵と戦える。

「じゃあ、次は褒めて！」

「は？」

ラスの言葉に思わず声が出た。

「よく見ていたらいいところも見えるよね！　デーズ兄ちゃんを褒めてあげてよ！」

まさか褒めることを要求されるとは思っていなかった。ちらりとデーズを見ると、期待を込めて目を輝かせている。こんな表情をされて無視するわけにもいかないかと、タムルはこほんと咳をした。

「体幹がいい。低い姿勢に構えると、どこから攻撃を繰り出してくるか読みにくい」

「ほんとに褒めてくれた！」

素直に褒めてみると、デーズは目をキラキラさせてタムルに詰め寄ってきた。

「他には？」

「体のわりに手が大きいからか、握力があるな。重い攻撃もよく受け止めている」

デーズは自分の手を見つめてぎゅっと握りしめる。

「いい筋肉のつきかたをしている。上半身、下半身ともバランスがいい。手を抜かずに鍛えている証拠だ」

「タ、タムル様……。どうしよう、僕泣きそう！」

「ただし、騎士を目指す者が努力をするのは当たり前だ。自分ひとりが飛びぬけていると思うな」

「あ、いつもの冷たいタムル様だ……」

とたんに肩を落とす。けれど、デーズが努力しているのは本当だ。そうでなければ十六歳になると同時にこの砦への派遣が許されたりはしない。

この砦に来るのは、魔剣を手に入れることができれば騎士に昇格できる者がほとんどだ。もし今日、明日にでもデーズが魔剣を手に入れれば、ずいぶん早い騎士への昇格となる。その可能性はまったくないわけではない。

「まだ体は成長できる。食事も訓練だと考えろ」

「は、はいっ」

デーズが元気よく返事をして、これで訓練は終えようとタムルが木刀を所定の位置に戻したときだった。

「ねえ、タムル！　あの人のいいところは？」

ラスが無邪気にタムルの手をとって、近くにいた騎士見習いを指さす。確か、カインという名前だったか。この間の宴会のときに少し話した気はするがあまり覚えていない。

「ああ。カインは両手を使える。右でも左でも変わらず剣を振るえるのは大きな武器となる。それと最初の攻撃の速さが抜きんでていて、奇襲をかけられると怖いな」

「……」

カインがぽかんと口を開けてこちらを見ていることに気がついて、タムルはわずかに眉根を寄せた。

「何だ？」

「タムル様に褒められた……」

「だから、何だ？」

　短所を見て指摘していくのが指導として手っ取り早いのでそうしているだけで、長所となる部分を見ていないわけではない。

「あああ、ありがとうございますっ！　俺、もっと頑張ります！」

　がしっと手を握られて近くで叫ばれる。あまりの勢いに、後ずさるがそれも追いつかないくらいぐいぐいと寄ってくる体に、思わず足が出た。

　きれいに決まった足払いに、カインがすとんとその場にしりもちをつく。

「痛い……。夢じゃない」

　そこまで特別なことを言ったつもりはない。だいたい、自分の長所と短所くらい自分が一番よく把握しているものではないのか？

　ぐるりと周囲を見渡すといくつかの視線がこちらへ向いていた。

　走れ、と命令した三人もいつの間にか足を止めてこちらを見ているのに気がついて、タムルは三人を手招きする。

「自分の短所と長所を言え」

　最初のひとりに促す。

「重心を意識していないこと。それによって剣が軽くなることが短所です」

　それは先ほどの訓練で指摘した箇所だ。

「そして長所は速さです！　素早く動くことで相手を翻弄できます！」

その答えに、少なからず驚いた。確かに彼は速さがある。それが長所であることは間違いないが、相手を翻弄することに重きを置いているならば、その素早さを上回る相手に当たったときに簡単に負けてしまう。

「速さに驕って、基本を忘れるな。相手が格下の場合は、それで勝負が楽になるが、そうでない場合は簡単に打ち破られる。翻弄できる相手は限られていると思え。それと、お前の長所は速さじゃない」

「え？」

「手数の多さだ。速さにも通じるが、攻撃のセンスがないと手数は多くならない。お前はその攻撃のひとつひとつが重くなるよう、踏み込む足を意識しろ。同じ筋力でも、体重の乗せかたで攻撃力は変わる」

意外そうな顔に、今までそれは意識していなかったのかと逆に呆れてしまう。

もうすぐ騎士になれる人材ということもあり、厳しく接しすぎていたのかもしれない。

「次」

先ほどの訓練と同じように促すと、二人目が口を開く。

「た、短所は腕全体のバランスを意識できていないところです。長所は力自慢です！　ここの誰より重いものを持てます！」

またしても短所はタムルの言葉の受け売りだ。そして長所が力自慢。

それは悪くない。悪くないが……。

「腕の力に頼りすぎだ。確かにそれは剣を振るう上で重要だが、下半身がついて行っていない。腕だけでなく、全身を鍛えろ。剣を合わせたときに、腕の力だけでは跳ね返される。支える下半身が重要だ。剣のひと振りにどの筋肉が使われているかをしっかり意識した訓練をしろ。次」

三人目に向き直る。大きな声をあげて奇襲をした者だった。かなりのお調子者で、先日の宴会でもかなり騒いでいた。

「短所はうるさいことです！　長所は、この顔！　それから高身長です」

どうだ、と胸を張っている体は確かに身長が高い。顔も整っているほうだ。騎士になれば、多くの女性に囲まれるに違いない。

「剣と関係があるか？」

「あ、あの……冗談です。すみません」

タムルに冷たい視線を向けられて、しゅんと背中が丸くなる。

「あの、俺の短所って何ですかね。これでも同期の中ではかなり上のほうです。持つ魔剣によっては、騎士になったあとも高位につけると思っています」

「……本気でそう思っているなら、その気楽なところは救いようのない短所だな」

彼の言っていることは間違っていない。

彼はデーズのふたつ上だ。十八歳でも、この砦に来るのは早いほうだと言える。同じ歳の者たちの中では確かに抜きんでているし、この先も順調に過ぎれば彼の言うとおりになる。

「低い集団の中で比べて抜きんでていることは自慢にはならない。お前が行く場所は国で最高峰の騎士団だ。そこにいる者すべてが、お前と同じように同期の中では上のほう。その上で魔剣を持っている。騎士になった時点で、その集団で最下層になることを頭に入れておけ。相手と同じ年齢になれば、自分が上だなどという考えは捨てろ。そこにいくまでに命を落とせばそれまでだ」

黙り込んでしまった相手にタムルは大きなため息をつく。

「ただ、お前のその明るい性格は討伐のときに皆を助けるだろう。人は恐れを抱くとき、どうしても体が固くなる。そのほんのわずかな気おくれがとりかえしのつかないことに繋がる。笑いや、軽口は恐怖を取り除くのに役に立つ」

「そ、そうでしょう？　やっぱり俺みたいなのって必要ですよね！」

急に元気な声をあげるのに、思わず笑ってしまった。切替えの早いことは素晴らしいことだ。

「タ、タムル様が笑って……」

「やば。美人が笑うと半端ない」

コソコソと聞こえた声に、笑顔を消して睨みつける。それもまたいい、という声は聞こえな

かったことにした。

「それぞれ、十周追加だ。今度は足を止めずにしっかり走れ。今日の指導はこれで終わりとする」

声をあげると、集まっていた者たちが散り散りになっていった。鍛錬に戻る者もいれば、木刀を置く者もいる。

ただいつもと少し違う。

そんな気がして見渡すと、走り出した三人の顔がどことなく引き締まって見えた。それから、鍛錬に戻る者の数もいつもより、多い……？

「タムルに褒められると、やる気が出るよね！」

ラスがぎゅっと拳を握りしめる。

「それほど単純なことじゃない」

「単純ですよ」

デーズがラスの頭を撫でる。

「憧れている人に褒められたら、嬉しいです」

「嬉しいは楽しいもんね！」

嬉しいは、楽しい。

ラスの言葉にハッとする。

「忘れていたな……」

初めて剣を握った日、自分がどういう表情をしていたか。

騎士見習いになることを認められた日。それから勝てないと思っていた相手に勝てるようになった日。

『すごいな、タムル！』

『お前は天才だ！』

大げさに褒めてくれた先輩達が確かにいた。ひとりでここまで剣の腕をあげられたわけじゃない。

改めて、騎士見習い達を見渡すと視線が合った何人かが頭を下げる。

「タムル様！　明日は俺も褒めてください！」

そのうちのひとりが大きな声をあげる。

「あ、ああ……」

「よしっ！」

タムルが頷く(うなず)と、拳を振りあげて喜ぶ姿はまるで子供のようだ。その姿が眩(まぶ)しく見えて、タムルは目を細める。

剣の腕を磨くことに妥協はない。

厳しさは必要で、それを一番教えられるのはタムルだ。

しかし、少しだけ……。少しだけなら、こうした余裕もあっていいのかもしれない。

「僕もタムル様に言われたとおり、いっぱい食べますね。タムル様も一緒に食堂に行きましょう？」

「ラス、食堂で何か腹に入れるか？」

「うん！　今日は鶏肉だって！　いい匂いがしていたよ！」

最近は食堂をよく使うようになった。ジャガイモを丸のまま調理して何が悪いと今でも思うが、それはよくないことらしい。タムルたちの食事事情を知ったデーズとパトスが見回りに来るようになり、夕食はほとんど砦の食堂で食べるようになった。

昼はラスが用意するので食堂で食べることは珍しいが、それでもないわけじゃない。

「食堂を覗いたのか？」

「果実水貰った！」

ラスはどうも子供の姿を満喫しているようだ。

「あまり周囲に迷惑をかけるな」

「かけてないもん！」

これをいい歳をした青年が言っているから、タムルは微妙な顔になる。

「食べたら、今日はデーズに勉強を教えて貰え」

がしがしと頭を撫でると、ラスがきゃーという声をあげた。

今はタムルに興味を持っているラスだが、デーズやパトスと関わることで他にも興味を広げてくれれば。

これから先、ラスが人の考えを理解できるように。完全に理解はできなくても、人はこう考えるとわかっているだけでもいい。

ラスの力は、タムルの想像を超えている。

簡単に大人と子供の姿を使いわけたり、命にかかわるような大きな傷を治してみせたり。戦ったことはないが、遺跡でも魔獣を殺したと言っていたし、きっと戦闘にも秀でているはずだ。

ラスがその気になれば、人の命など簡単に消える。今のうち……タムルに興味を持ってくれているうちに、それが人への愛着になればいい。

「タムル様はこのあとは探索に行かれますか？」

デーズが自分の拳ほどの大きさの鶏肉をフォークに突き刺してがぶりと齧(かじ)りついた。口元から溢(あふ)れそうになる肉汁を、パンで口の中に閉じ込めようとするからタムルに問いかけたあとはモゴモゴと口を動かしているだけだ。

砦の食堂は、食べ盛りの騎士見習い達のために大盛が基本だ。ラスの前にも、こんもりと盛られた皿がある。

「そのつもりだが、ひとりでいい」

デーズが言いたいことを察して先に釘を刺した。ついてこられるのは面倒だ。

「んんっ！」

口を動かしながら、デーズが周囲を見渡す。どうやら水を探しているらしいとわかって、タムルがコップを差し出してやると、両手で受け取って一気に飲み干した。

「ひとりはだめですよ。最近、森の様子がおかしいらしいです」

「報告は聞いた。問題ない」

森は奥深くになるほどに魔獣の数も強さも増すが、だいたいの数や種類、出現場所は砦に住む者ならば誰もが把握している。

それが最近、崩れている。

まず小型の魔獣の数が減った。

それから魔獣の生息域が移動している。砦の近くにはいないはずの中型の魔獣が死骸で発見されることもある。人が倒した場合は、死骸はすぐに焼くか埋める。死骸がその場に残っていれば、別の魔獣を呼び寄せる危険性があるためだ。

つまり、その中型の魔獣は人ではないものに殺されたことになり、それを仕留めた他の魔獣がいるということ。目撃証言はなくても大型の強い魔獣が現れた可能性がある。

もしそれが確実になれば森への探索が制限される。

少しも魔力のないタムルは真っ先に森への立ち入りを禁止されてしまう。

その前に……、とタムルは胸元へ手を添える。

生まれたときからそこにあった誕生石を入れた小さな袋。それはあの日、失くしてしまったままだ。

タムルはちらりと横目で鶏肉を頬張るラスを見る。

大型の魔獣でなくても、魔獣は強い力に敏感だ。異変の原因は案外身近にあるかもしれない。

「何？」

ラスが笑顔で首を傾げた。

「いや、何でもない」

人が多いこの場所で『お前のせいか』とは聞けない。人ではないとわかってはいても、魔獣だとは限らない。

「ひとりじゃだめならタムルと一緒に僕も行く！」

軽くそんなことを言うから、食べ物が喉に詰まりそうになった。まさか子供の姿のラスを連れて行けるはずがない。ラスが人ではないと知っているのも、青年の姿になれることを知っているのもタムルだけだ。

「ラスくんはもっと大きくなってからね？」

冗談だと思ったのか、デーズは笑ってラスの頭を撫でた。

「デーズ兄ちゃんだって子供じゃないか」

「僕は小さいだけで十六歳だよ！　ちゃんと成人しているから！」

デーズが声を大きくする。同僚たちがこの話題でデーズをからかうときには恐ろしい顔で怒鳴りつけているが、ラスへの言葉はまだ優しい。

「タムル様、森へ行くときは僕も同行させてください」

「必要ない」

ただ遺跡に魔剣を探しに行くというだけなら頷いたかもしれないが、今回は落とし物を探しに行くことも含まれている。そんなものにつきあわせるわけにはいかない。

「ですが……！」

これ以上話していても、平行線にしかならない。タムルは空になった自分の食器を持って立ちあがる。

「タムル様、どうしてそう無理ばかり」

「無理はしていない」

それは嘘だ。タムルもひとりで森に行く危険性は理解している。この前のようなことがまた起こらないとも限らない。

だが、おそらく今回の異変の原因はここで呑気（のんき）に鶏肉を食べているラスだ。ラスが砦にいるかぎりはおかしなことも起きないはず。

「デーズはラスを見ていてくれ。パトスは仕事だろう？　お前がついてきて、ラスをひとりにすることのほうが心配だ」

ひとりになったラスが好奇心で何かおかしな行動をとらないとも限らない。

ここ最近は酒を一緒に飲んだことで挨拶する者も多くなった。距離は縮まっている気はするが、タムルに対する反感を持つ者が消えたわけじゃない。

そういった者たちがラスに絡んできたら。

ラスが、手加減を忘れたら。

「ラスは信頼できる相手に任せておきたい」

「……っ！」

デーズが大きく目を見開いて、それからがたんと大きな音を立てて椅子から立ちあがった。

「タ、タムル様っ……！　今、何て……っ！」

何度も言うことではないだろうとタムルは所定の位置に食器を戻すために歩き出す。

「じゃあ頼んだぞ」

ひらりと手を振って食堂を出る。後ろでおかしな叫び声が聞こえたような気がして、少しだけ頬が緩んだ。

タムルが魔獣に襲われた洞窟は、徒歩で二時間ほどの位置だ。

日が暮れるまでに戻ることを考えれば、それほど長い時間はいられない。せいぜい二時間程度だが、失くした誕生石を探すには十分な時間だった。

探索が行われたことのある遺跡のため資料もあるし、襲われたあの日も奥まで探索した帰りだった。洞窟内は把握できている。

今回の探索では、失くした誕生石を探すことが第一目標。そして、以前の探索で見逃してしまったことがないか確認することが第二目標だ。

以前にここで見つかったものは魔剣が二本と、いくつかの魔道具。だが、最奥でタムルは魔剣を見つけた。つまり探索が十分でなかった可能性は高い。

この洞窟はまだ調べる価値がある。

洞窟の入口に立って中の様子を窺うが、しんと静まり返って生き物の気配はない。

入口で松明に火を点けると、タムルはゆっくり歩きだした。

魔獣に襲われたのは、二つ目の分岐点だ。

一つ目の分岐点は左右に別れた道がある。左の道は五メートルほどで行き止まりになっていて、その先はなかった。タムルは迷うことなく右に進む。

そこを二十メートルほど進んだ先が、かぎ状に曲がっている。その手前が魔獣と戦った場所だ。入口からはそう遠くない。もともと遺跡にいた魔獣ではなく、タムルが遺跡に入った後に外から来た魔獣だったのかもしれない。

「体勢を崩した場所は……」

誕生石を落としたならば、このあたりのはずだと松明を地面に近づける。

地面が抉れた跡がいくつもついている。ところどころ石が黒く焦げているのは、ラスが魔獣と対峙したときに戦った痕跡か。

魔法で火を使ったならば、小さな袋は燃えてしまったかもしれない。そうなれば紐も革製だったから、残っていない。

だが、誕生石の黒い石はどんな工具を使っても傷ひとつつけられなかった。それに、熱にも強かった。石だけはなくならずにあるはずだ。

地面の抉れた跡から、タムルは自分が最初に転がった場所を推測する。そのときに落としたのなら……。

「紐も袋も金属にしておけばよかったな」

細い金属を籠のように細工して、そこに入れておくこともできた。そのほうが丈夫で、失くしても見つけやすかったはずだ。

けれど、なぜか黒い石は柔らかいもので包んでいたかった。あれは自分にとっても宝物だったから。

「丸いから、転がりやすいはずだ」

抉れた跡にひっかかっていないか。大きな石の下にもぐっていないか。

念入りに探すが、見つからない。

ここではなくて、もう少し先で落としたのかもしれない。かぎ状の曲がり角を曲がった先で同じように石を探す。そうして傷を負って隠れた細い通路まで探したが、黒い石はどこにもなかった。

もう一度、入口から探すか、もしくは魔剣を見つけた場所まで行って見てみるか。悩みながら暗闇に松明を掲げたときだった。

「タムル」

急にかけられた声に驚いた。落とした誕生石を探すことに夢中になりすぎていたらしい。

「ラス？」

声は青年の姿をしたラスだった。砦でデーズと勉強しているはずだが、抜け出してきたようだ。この森がラスにとって危険だとは思わないし、ラスならば簡単にここに来られる手段はあるはずだが、突然現れると心臓に悪い。

「どうやって……」

「最近、力の使い方が上手(うま)くなった。翼も出せるようになったし」

「翼？」

うっかり聞いてしまったが、よかったのか？

ラスは今までタムルに正体を告げることはなかった。タムルに隠したいか、うまく成獣の姿を取れないとか。どちらかはわからないが、そのうち言ってくれるのを待つつもりだった。

「そう。翼」

戸惑うタムルにラスはにっこりと笑う。

とにかく、ラスが翼を持っていることはわかった。

「今度、背中に乗せてあげるよ」

背中。人の姿のまま背負うということではないはずだ。翼を持ち、タムルを乗せることもできるほどの大きさ。

今、何者かと尋ねたら、ラスは答えてくれるか？

少し怖さはあるが、意を決して口を開こうとしたときだった。

「何か探しているの？」

ラスが唐突に話題を変える。何もなかったようにタムルの横に並び、タムルが見ていた地面に視線を落とす。

これは聞くなと言うことだろうか。

悩んだが、ラスがまだだと言うならそれでいいかと知らずに入っていた肩の力を抜いた。

「これくらいの黒い石だ」

タムルは指で小さな丸を作る。

「え……それって……」

「私が生まれたときに父がお守りにとくれた」

ラスが何度か目を瞬いた。

「この国ではわりと多い風習だ。子が生まれれば、親は子にお守りの石を誕生石として贈る。貴族であれば宝石が多いが、私のは真っ黒の丸い石だ。小さいころは兄の輝く誕生石が羨ましかった」

「そうなの……？」

タムルの兄が持っていた誕生石は、輝く青い宝石だった。兄はそれをペンダントに加工していつも身につけていた。

けれどタムルの誕生石は輝きもしない。加工もできない。ただの黒い石。

「キラキラしているものがよかったと泣く私に、父が『タムルの誕生石にした石は私が見つけた一番の不思議だ』と教えてくれた」

国の筆頭魔法使いの父にわからないものなどないと思っていた。その父が諦めた黒い石。

「輝く誕生石は、金を積めば誰でも手に入れることができる。だが、父が私にくれた黒い誕生石は父が解明できない不思議がたくさん詰まっている唯一のもの」

それまで青く輝く誕生石を自慢していた兄が、急にタムルの黒い誕生石を羨ましそうに見たことを覚えている。

「そのころの私にとって、父はすべてを知る者だった。父にわからないことなどないと思っていた」

世界が広がる瞬間があるとすれば、あのときだった。

魔法使いを多く輩出する家に生まれた、銀色の髪を持つ子供であったタムルには魔法使いになることが期待されていた。だが、それに縛られなくてもいいのではないかと思ったのは、父にわからないことがあると知ったあのときだ。

「父に騎士になると告げたとき、お前には無理だと言われた。私は咄嗟に、誕生石を掲げて言ったよ。『父上にだってわからないことはある』と」

そのときの顔は見ものだった。父のあんな顔を見たのは初めてだった。

「騎士になると家を出たとき、あの誕生石は私の支えだった」

「タムルの、支え」

ラスが、少し嬉しそうに笑う。タムルが自分のことをこうして話すのが珍しいからかもしれない。

「それから、私に魔力がないとわかったときも」

「タムル、あの……」

前に酔って魔力の話をしたときも、ラスは戸惑っていた。きっと魔力がないということが実感として理解できないのだろう。

「あの誕生石を握りしめると、私はまだ頑張れる。まだだ、まだわからない。私が使える魔剣はある」

いつも握りしめていたのは、未来が決められたものではないと信じていたかったからだ。未来は誰にもわからない。可能性はいつだって残されている。

「できれば、見つけたいが……」

あの日と同じように、タムルは壁にもたれて大きな息を吐く。

「これだけ探して見つからないなら、難しいかもしれない」

誰もが、無理だと言う。

魔力が欠片もない者が使える魔剣など聞いたことがない。お前は騎士になれないと。

実家は騎士になれなかった末っ子が戻ってきたとしても困りはしない。魔力がなくても、魔法使いが生まれる家系の血を引いているから、結婚相手にも不自由はしないはずだ。

けれど、そうしてどこかの貴族に婿入りして、ただ人生を消費するように生きていくことを想像するとぞっとした。

「いや、まだだな」

怪我を負った場所に立っているからか、弱気になっていた自分を奮い立たせるように両頰を強く叩く。

残念だなどと言わせたままで終わるつもりはない。未来は誰にもわからない。

「もう少し探してみる。ラスも手伝ってくれるか？」

声をかけると、ラスが少しだけ眉を下げた。

「ラス？」

「あの、ごめん」

元気のないラスなど珍しい。どうしたのかと思っていると、ラスがそっと手を差し出した。

「それは」

驚いたのは、そこに小さな欠片があったからだ。

真っ黒の、小さな欠片。

その黒い色には見覚えがあった。松明を地面に置いてラスの手の中にあるものを覗き込む。

「これ……、俺が持っていた」

「魔物と戦ったときか」

どういった工具でもそれを傷つけることはできなかった。だから不思議な石だと思っていた。

魔物の攻撃でそうなったとは考えにくい。だとすれば可能性はラスが魔物を攻撃したときか。

人が持つ武器では大丈夫だったが、ラスの攻撃に巻き込まれればわからない。

欠片を手に取ってみる。

それは薄い殻のようになっていた。ずっと丸い石だと思っていたが、中は空洞だったのかもしれない。不思議だ。

「タムルの大切なものだったよね」

壊してしまったからラスは心配しているのか。

命を救ってくれたのはラスなのに。

「形のあるものはいずれ壊れる。ラスが欠片を持っていてくれてよかった。それを貰ってもいいか」

ポケットに入れていたハンカチを取り出すとラスが欠片をすべてその上に載せてくれた。

繋ぎ合わせると確かに丸い形になりそうだ。かつての姿を思い浮かべることができるだけでもよかった。

タムルは黒い石の欠片を丁寧に包み込んでポケットへ入れる。

「タムル」

ラスが気遣うようにこちらを見ているが、壊れていても大切なものであることは変わらない。

「ありがとう、ラス。拾ってくれて」

この手に戻ってきたことを喜びたい。

「欠片になっても、大切なものだ」

「でも俺……ずっとタムルに黙っていて……」

「いや、持っていてくれたことだけでもありがたい」

こんな欠片になってしまっていては、タムルが見つけることは難しかった。

「私はこれでまた、頑張れる」

まだ諦めなくていいと言われているようで気持ちが上向きになる。

ラスはまだ何か言いたげにこちらを見ていたが、謝る言葉は必要ない。

「タムル、あの……」

「もうこの話は終わりだ。ラスが謝り続けるなら、私も御礼を言い続ける。いつまでも終わらない」

子供の姿ではないが、まあいいかとラスの頭を撫でる。ラスはきゅっと口を結んで静かに撫でられていた。

「ラス」

「何？」

「お前がいてくれてよかった」

この洞窟で助けられたときだけではない。ラスが側にいるようになって少しずつ周囲が変わり始めている。

変化は正直言うと、少し怖い。だが、それをもたらしているのがラスだと思えば受け入れられるような気がしている。

「タムル、俺……。もう少しだからっ！」

ラスが大きな声をあげたのでタムルはビクリとする。

「もう少ししたら、タムルの側にいなくても力が安定するから！　だから、そうしたらちゃんと俺がタムルを守る。タムルが誰からも傷つけられないように、タムルがやりたいことをやれるように」

あまりにも必死に言うから笑ってしまう。ラスがそれほど深刻になってしまうほど、自分は弱音を吐いていたか。

「大丈夫だ、ラス。私は弱くないとお前が言ったじゃないか」

「タムルは弱くない！　それは俺が一番よく知っている」

「そうだろう？　だからラスは頑張らなくていい。私は私の力で騎士になる」

守ってもらいたいわけではない。その心地よさは最近……少しわかり始めた気はするが、欲しいものは違う。

「私はまだ少し探索するが、ラスは？」

話を変えると、ラスもようやく表情を緩めた。まだ気にしているのかぎこちないが、いずれ忘れていくはずだ。

「俺、お昼寝していることになっているから、そろそろ戻るよ」

なるほど。昼寝と言っておけば、寝台に細工をするだけで様子を窺いにくることもないか。

そんな言い訳を思いつくほど、ラスは人の生活に馴染んできた。この大きな体でお昼寝と言われればつい笑ってしまうけれど。

「わかった。また砦で」

「うん。早く帰ってきてね」

それに答えて手を振るより、ラスの体がその場から消えるほうが早かった。まるで空気に溶け込むように消えたのは魔法というレベルを超えている。

「すごいな」

わかっていたつもりでも、目の前で見ると改めてラスのすごさを実感した。

あれほどの魔法は見たことがない。文献の中にもあるかどうか……。同時に、その存在の危うさに表情を引き締める。

「私の手に負えるだろうか」

今はラスがタムルの言葉に耳を傾けてくれているから大丈夫だと言える。だが、いつまでこの状態が続くかは誰にもわからない。

もしラスが力加減を間違えれば。そしてもしラスがその意思で誰かを傷つけようとしたときには。

止めるのはタムルの役目だ。全力を出したとしてもラスには及ばないが、それでもラスが敵を作らないよう導いてやりたい。

「できることから、やらなければ」

タムルは松明を拾いあげて、暗い洞窟の中を再び歩き出した。

砦に帰りつくと、子供姿のラスが走って出迎えた。先に砦に戻ってきたあとは、何食わぬ顔で勉強をしていたらしい。

「タムル、おかえり！」

「夕食は?」

「まだ。タムルと一緒に食べる！」

「迷惑をかけていないか?」

色々尋ねていると、後ろで見ていたデーズが笑い始めた。

「もうすっかりお父さんの言葉ですよね?」

「は?」

お父さん……。

いくらラスが子供の姿であっても、こんな大きな子供を持つような年齢ではない。

「何か見つかりましたか?」

「いや……」

あのあと、再び洞窟の奥まで見て回ったが以前と変わりはなかった。そこでまた最初の分岐点に戻り、すぐに行き止まりとなっていた左側の道を再度調べてみた。

そこでわずかに風の流れを感じた。

行き止まりであれば、風は流れない。

奥があるかもしれないと思って調べたところ、壁に小さな窪みを見つけた。

遺跡には人の手が加わっている。仕掛けの扉が隠されていることも多く、窪みはそうしたもののひとつかもしれない。そこから先を調べるには時間が足りずに戻って来たが、すぐにでも引き返したいぐらいだ。

ただ、それを言う必要はない。ひとりでは危険だと言われるだけだ。タムルもその場所を見つけたのが自分でなければ、複数人で行くべきだと忠告するだろう。

「今度は僕も一緒に行きますからね！」

「それは……」

必要ないと言いかけたとき、砦の内部がざわざわと騒がしくなった。

何事かと顔を見合わせて、騒ぎのほうへ歩いて行く。

「王都から、調査隊が来たらしい」

「調査隊？」

そんな会話が聞こえてきて、タムルは思わず舌打ちした。

森の異変は、噂になるよりも早く王都へ報告されていたようだ。これで森へ入ることが規制されてしまうかもしれない。

「招集！」

響いた声に振り返ると、兵士のひとりが伝達しながら廊下を駆けていくところだった。

「全員、表の広場へ集まるように！」

通りやすいよう、廊下の端に寄って見送ってからデーズとタムルは顔を見合わせた。

調査隊が到着すると、その日は砦の幹部達と打ち合わせをし翌朝に招集がかかることが多い。到着してすぐの招集は緊急性が高いと言っていいだろう。

そして、調査隊の中にそういう決断を下せる人物がいる。おそらくその人物が調査隊長だろうが、お飾りでそこにいるなら、通例を覆すようなことはしない。

「調査隊、偉い人が交じっていますかね？」

「そういうことだろうな」

広場は表と裏の両方にある。

表は王都側にある広場で、石畳の整備がされている場所だ。裏は訓練場としても使われている場所で、森と砦を隔てる門の内側のことを指す。

今回の招集は表の広場。あまり使われる場所ではないが、中央から身分のある貴族が視察に来た場合や大人数がまとめて赴任してきた場合などにはそちらが使われる。

「ラス、少し食堂で待っていてくれるか？」

家に帰すことも考えたが、もう日が落ちようとしている時間だ。さすがに子供の姿のラスをひとりで歩かせるわけにはいかない。

「わかった。ちゃんと息を潜めているから！」

「そこまで大げさに隠れなくても大丈夫だよ！」

デーズはラスの言葉に笑うが、真剣に息を潜めていてほしい。タムルの視線に、ラスがぐっと親指を立てて見せるが不安は募る。

「あとで迎えに行くから、それまで大人しくしていろよ」

念押しをして、タムルとデーズは早足で歩き始めた。

表の広場には、すでに大勢が集まっていた。見習いが多いとはいえ、ここにいるのは魔剣さえ得られれば騎士になることができる者たちだ。招集の掛け声に出遅れる者はいない。

松明(たいまつ)の明かりに照らされた広場に整然と並ぶ騎士見習い達の視線は、砦(とりで)の建物に向かっている。

タムルはその列から少し離れた場所に立って、同じように視線を建物に向けていた。

王都から来たという調査隊。

聞こえてきた情報からは、五十人程度の人数だということ。これは通常の倍くらいだ。

それから……。

「整列！」

掛け声に、全員がザッと音を立てて姿勢を正す。

建物から最初に出てきたのは隊長のサルバ。続いて王都でも見たことのある騎士が数名。その騎士に守られるようにして出てきたのは黒髪の男だ。

その男の顔を見て、まさかと思った。

ある程度身分のある者が派遣されたことは予想がついていたが、森の様子がおかしいという報告だけで彼が来るとは思っていなかった。

年齢は二十代後半。ほっそりとした体つき。身長は低くないが、見ただけで戦闘員でないことはすぐにわかる。

「最近の森での異変は皆、聞いていることだろう。それに関して王都から調査隊が派遣されてきた」

サルバの声が響く。低いのによく通るその声に、浮ついていた空気がぴんと張りつめた。

「どうぞ」

サルバが黒髪の男に一礼する。

つまり、その男はサルバが敬意を払うような地位だということだ。

「調査隊の責任者として来たグルト・ウィザだ。しばらくこちらに滞在することになった」

柔らかな声音で自己紹介したグルトはちらりとタムルに視線をよこした。あきらかに目が合ったと思ったが、反応は返さずタムルは少しだけ目を伏せる。

「ウィザ家といえば筆頭魔法使いの家系だろう」

告げられた名前に並んでいる騎士見習い達がざわついた。

「だとすればあれは長男か。ウィザ家出身の魔法使いが派遣されるとは」

小さな呟き(つぶや)がタムルの耳へ届く。

魔法使いは国に数人しかいない貴重な存在だ。

自分の魔力を魔法として使うことのできるのはほんのひとにぎりの選ばれた者だけ。その中で何人もの魔法使いを輩出しているウィザ家は有名だ。

「しかし……あの顔、指導官殿に……」

「他人というには似すぎているな」

視線が痛いのは気のせいじゃない。グルトの顔立ちはタムルに似ていた。

それでも、小さいころほどは似ていない。タムルは騎士になるために体を鍛えてきた。実戦よりも研究のほうが多い魔法使いのグルトとは印象が異なるはずだ。

「静かに！」

サルバの声に再びぴりりとした緊張が走る。

「今回の調査は、スエル王国から森で大型の魔獣の飛行する姿が目撃されたとの情報があったためだ」

　スエル王国は森を挟んでちょうど反対側に位置する国だ。森が深すぎてここからの交流はないが、あちら側にも同じように森を警戒するための砦がある。

「大きな翼と、鱗（うろこ）が確認できたそうだ。この砦の方角へ向かったと」

　サルバの言葉に周囲が再びざわめき始める。

「大きな翼に鱗……」

　タムルも思わず、そう呟いた。

　森の様子がおかしいということだけで魔法使いが派遣されるはずはない。

　わざわざ外交筋を通じて報告があったことと合わせて森の異変が報告されれば、魔法使いを含む調査隊が派遣されたのも頷（うなず）ける。

　大きな羽と鱗を持つ、大型の魔獣。それを持つのはもはや魔獣と呼べる存在ではない。ただ、そこから推測されるものの名前を言う勇気はなくてタムルは眉根を寄せる。

「これから順次、個別に聞き取り調査を行う。もし大型の魔獣に関する情報があれば速やかに報告すること。憶測で情報を外部に漏らすような者はいないだろうが、もし確認できた場合にはそれなりの処罰を覚悟するように」

　やはりただの魔獣ではない。情報を外部に漏らさないことは基本中の基本だ。それをあえて言葉に出すのは、それほど重要視されている案件だということ。

「また、調査が終わるまで許可なく森へ入ることは禁止とする。以上、解散」

サルバの声が再び響いて、サルバと調査隊が建物の中へ戻っていくとざわめきが大きくなった。

「タムル様！」

デーズが真っ先に列から離れて駆けてくる。遅れてパトスもやってきた。

「指導官殿は今日、森へ行かれていたと聞きましたが」

「ああ。何もなかった」

何人かが何か言いたげにタムルを見ているが、気づかないふりをしてデーズとパトスと三人で建物の中へ戻る。

「それにしても……、大きな翼に鱗って。魔法使いが派遣されてくるくらいですから、もうほとんど決定ですよね？」

竜、だ。

デーズもやはりそれの名前を口にはしない。口にした瞬間に現実となってしまうことが怖い。

それはその存在ひとつで国を滅ぼしてしまえるほどの災厄。

唯一の救いは彼らの知能が高いことだ。それにより、対話がなりたつ。はるか昔の誰かが竜と対話をして人と関わらないことを約束させた。そのひとつの約束だけが、頼みの綱。

「憶測で語るな。まだ確認はできていないから、調査隊なのだろう」

もしその存在が確認できていたなら、もっと大規模な部隊が派遣されているはずだ。

デーズは神妙な顔で頷いて、口を閉じる。こういうときなのに、デーズが口を閉じていると は不思議だと、わずかに頬が緩んだ。


「タムル様?」

「いや、お前でも静かになるのかと」

「それってひどくないですか」

ぶつぶつ言っているほうがいつものデーズらしい。

「あ、それよりあの魔法使いの方、タムル様に似ていましたね」

「デーズ！　お前はまた……！」

パトスが慌ててデーズを止めようとする。だが、別に隠しているわけではない。

タムル・ウィザ。

それがタムルの正式な名前だ。騎士見習いになると身分の隔たりをなくすために家名は名乗らない。そのため、タムルが貴族出身だということはわかっていても、それを深く追及する者はいなかった。

「そうだろうな。あれは兄だ」

父は国の筆頭魔法使い。兄も同じく魔法使い。同じ家からふたりの魔法使いが出るようなことは通常、考えられないがウィザ家ならばと誰もが頷くような……それほど有名な魔法使いの家系だ。

「え、お兄さんですか。どうりで！」

「もういいから、お前はちょっとこっちに来い！」

気を遣ったのかパトスがデーズを引きずっていく。

その姿に少し苦笑いをしてしまうのは、自分が今、どんな表情をしているのかわからないためだ。

兄のグルトはタムルにとって一番身近な憧れだった。

グルトは小さいころから魔法使いになりたがっていた。

魔法に見立てて落ち葉を投げたり、水をまき散らしたり。それからふたりで父の書斎に忍び込んで魔法書を見ていた。貴重な魔法書は子供が触っていいものではなかったが、だからこそグルトとタムルにとっては大きな冒険だった。

魔法使いになることは自分で選べるわけではない。それでもグルトが魔法を発現させたとき、タムルはグルトが努力でそれを勝ち取ったように思えた。

グルトのようになりたい。

選んだその道で身を立てて、父やグルトのように誰かの誇りになりたい。

魔法使いと騎士。道は違っていてもいつかは隣に並べるはずだと信じた未来はまだ来ていない。

少し速度を落として歩いたのは、無意識に先に建物の中に入った者たちに会いたくないと思っていたからだと気づいたのは、タムルが向かう先に人影を見つけたときだった。

サルバの副官が待ち構えている。

「隊長がお呼びです」

呼んでいるのはサルバではないだろうと思ったが、断ることもできずに廊下を進んだ。副官が扉をノックするのを見ながら、この執務室に来るのはラスをこの砦に連れてきて以来だ。

やがて入室を促す声が聞こえて、タムルは扉に手をかける。副官は中には入らないようで、扉の横に立ったままだ。

「失礼します」

扉を開けると、中央のソファにグルトが座っていた。サルバは正面の執務机にいる。

魔法使いのグルトには護衛も兼ねた付き人がいるはずだが、執務室にはサルバとグルト、それからタムルだけだった。

「タムル」

タムルの姿を見るなり立ちあがりかけたグルトを見て、部屋に入るのをためらった。しかし、いつまでもそうしているわけにもいかなくて前に進む。

「お呼びと伺いました」

「ああ。まあ、座れ」

グルトを視界に入れないようにしながら告げると、サルバがソファに座るよう、促してくる。

「私はただの指導官ですので、こちらで」

「それほど避けなくてもいいじゃないか」

ため息混じりの声は聞こえなかったふりをする。

騎士になることを反対され、家を出てから会うことのなかった兄。記憶にあるグルトは、まだ少年の顔を残していたのにいつのまにか父に似てきた。

ソファに座りなおすグルトを、タムルは戸惑いながら見つめる。

「今日、森へ行ったと聞いたが何か異変はなかったか？」

サルバの問いに、ハッと顔をあげた。

「いえ、特には」

森へは魔剣を探す騎士見習いが何人も出入りしているが、この砦からも定期的に見回りを出している。異変についてたずねるだけならば、わざわざタムルを呼び出す必要もないはずだ。

「この砦で一番、森に出ているのはお前だからな。今日でなくとも、何か感じたことはないか」

ふとラスの顔が頭を過る(よぎ)が、ラスのことに関してはサルバもまったく知らないというわけではない。もし問題があるのならサルバのほうからラスの名前を出すはずだ。

「はい、ありません」

はっきりと言いきると、サルバは少しだけ表情を和らげた。

「本人もこう言っております。心配はございません」

「だが、それではタムルが纏(まと)っている物騒な気配は何だ」

突然、声を荒らげたグルトに驚く。グルトはソファから立ちあがってタムルに近づいてきた。

「あの……」

「ここ最近、大型の魔獣と遭遇しなかったか？」

真剣な顔で見つめられて戸惑う。

「砦に近づきはじめてから、どうも首筋がぴりぴりする。確実に気配が残っているのに辿(たど)れない。ただタムルから一番強く気配を感じる」

辿れない。

ラスが息を潜めていると言ったのはそういうことか。ラスは何らかの方法で気配を辿れなくしている。ただ一番近くにいたタムルにはその気配が残ってしまっている。

サルバのほうをちらりと見ると、少しだけ困ったように眉を下げていた。

ラスのことを黙ってくれているのは親切心からと考えるほど気楽ではない。きっとタムルが不在の間にラスとサルバの間に何か取り決めがされたのだ。だからサルバは調査隊が来てもラスのことは言えずにいる。

ラスは砦で見ているような子供ではない。力の使い方も上手くなったと言っていた。それはタムルよりもサルバのほうがより強く感じているだろう。王都から来た魔法使いより、優先しなければと思わせるほどに。

「そう言われましても」

気配と言われても、毎日会っていてもタムルにはわからない。いっそ開き直るしかない。

「目撃されたのはいつですか？」

「五日ほど前か」

ふ、と息を吐いたのはラスが現れたときよりも少し後だということがわかったからだ。大丈夫。ラスが翼を出せるようになったのは最近で……最近？

「申し訳ありません。私には心当たりがありません」

はっきりと告げる。そう言うしかない。内心、冷や汗が流れるがタムルが大きな翼と鱗を持つような存在を直接目にしていないことは確かだ。

「いや、いい。そういう目撃情報があったのなら、今頃この砦も大騒ぎになっているはずだ。砦のほうへ向かったというだけで、途中で向きを変えたかもしれない。はっきりとした情報ではない。だから私が派遣された。ただ、その中でお前が物騒な気配を纏っているから……」

「危険なことは何もありません」

何もない、ではない。

危険なことは何もない、だ。

ラスの気配が物騒かどうかはわからないが、危険ではない。少なくともタムルの目の届く範囲においては大丈夫だ。

サルバが少し口元を緩めたのが見えた。言葉を微妙に言い換えたことに気づいたのだろう。ラスとサルバの間にどういう約束がされたのかは知らないが、口を噤んでいるという時点で共犯だ。

「ですよね、サルバ隊長」

わざと声を大きくして同意を求めると、サルバはごほんと咳払いしてから頷く。

「今のところは」

グルトはまだ納得していないような表情だったが、サルバの同意にこれ以上追及することを諦めたようだ。ぐっと眉根を寄せて、しぶしぶ頷いた。

「何か異変があれば報せてくれ」

「はっ!」

返事はできるだけ事務的になるよう、短くすることを意識した。グルトが個人的なことを話し始めるより先に深く一礼して扉に向かう。

「タムル、待っ……」

背中越しに何か言いかけた声が聞こえた気がしたが、振り返る必要性は感じなかった。

　翌日から、森への調査が始まった。

　調査隊は全部で五十人。騎士を中心にした十人ほどにわかれて、連日森へ出向いている、今のところ何かが見つかったという報告は聞かない。

　道案内や、現地を説明するために同行した者以外は砦に待機となり、タムルもまた探索を禁じられた。

　グルトがラスの存在に気づけば、森の異変に結びつけて大騒ぎになるかもしれない。

　午前の鍛錬は変わらず続いているものの、今までのようにラスを連れて砦の食堂に行くことはできないので家で過ごすことが多くなっていた。今日も夕食を作ったのはタムルだ。

「あのとき、酒を持っていかれたのは痛かったなあ……」

　青年の姿になったラスが空になった棚を恨めしそうに見つめる。隠しておいた赤いラベルの酒はとうに飲み干してしまったらしい。

「お前がうかつに発言するからだ」

　そもそもラスが飲んでしまったことを言わなければ、あの宴会にはならなかった。

「そうだけど……。でも、毎日タムルの手料理が食べられるからいいか」

「無駄口叩(たた)いてないで、運べ」

　鍋から取り出した肉を皿に載せてラスに渡す。皿から鶏(とり)の足が飛び出しているが、特に気にした様子もなくラスはテーブルに運んでいった。食べられればいい。一口大に切る必要などない。

あらかた料理……と呼べるか微妙な見た目のものをテーブルに運び終えたところで、ラスがふと動きを止めた。

「どうした?」

「お前の兄ちゃんが来る」

この家に近づく魔法使いの気配を感じ取ったのか、ラスはすぐに子供の姿になった。

「隠れ……」

「どうせ僕がここにいることを聞いてきたはずだから、いないほうが不自然じゃない?」

そうかもしれない。

十歳の子供が家にいなかったら、その不在の理由を考えることは難しい。魔獣の生息地域が近いこの砦ならなおさらだ。

「わかった。二階でおとなしくしていろ。気配は……」

「最近はずっと消したままだよ、大丈夫! タムルのもついでに消しといたし!」

そう答えてラスが二階へ駆けあがって行く。

ラスは最近、力の使い方がうまくなっているようだ。タムルを追って遺跡に来たあたりから、何か言いたげにこちらを見ていることが多くなった。

もう少ししたら力が安定すると言っていた。タムルの側にいなくても平気になっているのかもしれないが、聞いてしまえばラスがいなくなる気がして聞けないままだ。

ラスが離れると決めればタムルには止められない。最初は早くそのときがくればいいと思っていたのに、いざ近づくと寂しく感じる。

「しっかりしないと」

庭に入ってきた人の気配を感じてタムルは扉に向かう。

同時に家の扉がノックされた。

「はい」

開けると、ラスが言っていたようにグルトがひとりで立っている。

「タムル……。その、少し話をしたくて」

「かまいませんが、もうすぐ食事にしようとしていたところですので手短にお願いできますか？」

頷いて入ってきたグルトは、テーブルに並んでいる料理を見てぎょっと目を向いた。

「お前が作ったのか？」

皿からはみ出ている鶏の足から目が離せないらしい。鶏には足がある。それは当然のことのはずだが、貴族の食事しか知らないグルトには珍しいのかもしれない。

「料理はよく、作るのか？」

「ええ」

短く答えたあと、会話がとぎれた。グルトは何か言いたげに口を開きかけてやめる。

「……お茶でも飲みますか？」

「ああ、いや。うん、そうだな。悪い、頼めるだろうか」

食事をするときに飲もうと思ってお湯は準備してある。それほど手間ではない。

棚にある茶葉を準備していると、グルトはテーブルの一番端の椅子を引いて座った。

カチャカチャとお茶を準備する音だけがやけに響く。

小さいころはあれほどたくさんの時間を一緒に過ごしていたのに、離れていた時間が長くなると、会話の仕方もわからない。

「調査は進んでいますか？」

ティーカップをグルトに差し出すときに聞くと、グルトがほっとした表情を見せた。グルトも話のきっかけを探していたのかもしれない。

「ああ。だが、それほど成果はない。確かに魔獣の生息域は移動しているが、大型の魔獣の痕跡は見つからない」

それはそうだ、とラスの姿を思い浮かべる。

力が強いことはわかっているが、魔獣ではない。森に棲んでいるわけでもない。大型の魔獣の探索に引っかかる要素はない。

自分のぶんのカップもテーブルに置いてタムルも椅子に腰を下ろす。

「ただ、何か異変があるのは間違いない。気配だけはいつもどこかに感じる」

気配か。

さっき、ラスがタムルのものも消したと言っていたが今はどうなっているか。

「その気配が私にと言っていましたが」

「おかしなことに、今は一切感じなくなった。不思議なくらいに消えている」

もっと上手く消せないのかと心の中でラスに文句を言う。大きな力というのは加減が難しいのかもしれない。

「消えているなら、一時的なものだったのでしょう」

「それならいいが……」

「私に話とは？」

話題を変えたのは、あまり深く掘り下げるべきじゃないと思ったからだ。

「そう、そうだ」

グルトは少し視線を泳がせる。お茶に手を伸ばすのは、言いにくいことがあるからだろうか。

「父上も、母上もお前を心配している。私はお前を連れ戻すように言われてきた」

まだ熱いはずのお茶を、ごくりと飲み込んでグルトはまっすぐにタムルを見つめる。

「騎士を諦めないか？」

告げられた言葉に一気に体温が低くなった気がした。

ああ、グルトは……父も、母も。家族は何も変わっていない。タムルが騎士になりたいと言ったときに認めなかったあのときのままだ。

「何度も言いますが、私は諦めていません。もう私は何もできない弟でもない」

十年近い年月をただひたすら騎士になるためだけに捧げてきた。体も鍛えた。剣の腕も磨いた。あとは魔剣さえあれば。

「だが、お前は魔力がないじゃないか」

告げられた言葉にぐっと眉根を寄せる。

真正面からそれを言われるとは思っていなかった。

「はっきり言うが、魔力が少しもないお前が使える魔剣はない。ここにいて探索を続けることは、ただ無意味に危険に身を置いているだけにすぎない」

グルトの言うことは事実に近い。だが、まだないとは証明されていない。タムルは拳を握りしめる。

「それはわかりません。魔剣も遺跡も解明されていないことが多い。可能性はあります」

「だが、限りなく低い」

真剣な声音に言葉がとぎれた。

「もう二年も探した。自分でもわかっているのではないか？」

「いえ、まだです」

　可能性が限りなく低いことは最初から知っていた。

「二年がどうしたと言うのですか。騎士見習いでも自分の魔剣を探すのに二年では短い。それ以上に探すのが難しい私は五年や十年は覚悟してこの場にいます」

「タムル……」

　どうしてグルトが悲しそうな顔をするのかわからない。必死なのはタムルだ。追い詰められているのも。だからと言って、ここから逃げるつもりはない。

「私は戻りません。もういないものと諦めてくださってかまいません」

「そんなわけにはいかない！」

　立ちあがったグルトが、タムルの肩に手をかけた。

「お前は家族で……。ちょっと、待て」

　肩に触れた手を、グルトがじっと見つめる。

「手を！」

　ぱっと手を握られて、タムルは眉根を寄せた。

　グルトがこんな風に焦った表情を見せるのは珍しい。

「そんな、まさか……。魔力？」

　ぎゅっと握られた手が熱い。グルトの表情にただならないものを感じて手を引こうとするけれど、再び強く握られた。

「タムル。お前からわずかに魔力を感じた」

「え……」

一瞬、言葉を失った。

けれど、すぐにタムルは首を横に振る。

「そんなはずはない。それはよくご存じでしょう？」

魔力の有無は何度も調べたし、魔力が高まると言われることはどんなことでも試してきた。ほんの少しでも魔力があれば使える魔剣は見つかりやすい。それはタムルが切望してきたことだ。

「だが……！」

「そんな嘘までついて、私を連れ帰ろうと？」

「違う！　そうじゃない！」

繋がれた手を無理矢理剝がして、タムルは入口の扉を開けた。

「お帰りください。これ以上、話すことはない」

「違う。タムル。本当だ。今、わずかに魔力の流れを感じた！　父上に確認して貰えればはっきりする！」

それが本当ならば、どんなによかったか。けれど二十四歳にもなって魔力が発現するという

話は聞いたことがない。

「帰れ！」

自然に声が大きくなった。

タムルの望みを利用して連れ帰ろうとするなど。

「タムル！」

「帰ってくれ」

もう一度強く言うと、グルトは肩を落として出ていった。その後ろ姿を見ることもなく、タムルは扉を閉じる。

「タムル？」

大きな声をあげたから、心配になって降りてきたようだ。気がつけば、子供の姿のラスがタムルを見あげていた。

「……泣いているの？」

「泣いてない」

涙など、流すような弱さはない。

「タムルは魔力が欲しい？」

ラスの言葉にはっきりと首を横に振る。欲しいものは魔力ではない。

「私は騎士になる」

それを間違えてはいけない。魔力があっても騎士になれない者は多い。騎士になるために必要なものを間違えてはいけない。魔力は、ただ手段の一つというだけだ。

タムルはしっかり顔をあげる。

「明日からまた魔剣を探す」

自分にはそれしか道はない。

危険だと言われようと、無駄だと言われようとそれしか進む道はない。

「ここに……」

洞窟の分岐点。行き止まりだった左の道を進んだ奥で、タムルは松明を壁の隙間に差し込んだ。

結局、グルトの調査隊は成果をあげていない。

成果をあげるということは大型の魔獣が発見されることと同じだと思えば、成果などないほうがいいのかもしれない。

調査開始から一週間が過ぎたが、グルトはおかしな気配の正体を見極めることができなかったようでほっとした。

二日ほど調査報告書をまとめながら休養をとると聞いている。その間、森への探索が解禁された。ただし、複数で行くことが条件だ。単独で森へ行くのはタムルくらいなので、この条件はタムルに対して出されたものと言っていい。

「行き止まりって言っても、けっこう空間は広いですね」

「確かに。何かあっても不思議じゃないな」

すぐ後ろに続いていたデーズとパトスがそれぞれの松明を掲げて周囲を見渡す。

条件など無視して、ひとりで探索にでかけようとしたタムルだったが、警戒していたふたりに見つかってしまった。

三人で行くか、諦めるかならば行くほうを選ぶ。調査が再開されれば、また次に探索に行けるのはいつになるかわからない。

「あ、確かに風が通っている」

行き止まりの壁に近づいたパトスが手をかざして風を確かめている。デーズも松明を壁につきたてると同じように調べ始めた。

「縦に細く風を感じますよね。ここ、開きそうですね」

扉の隙間のように風が流れている。その場所が開くというのならば、近くに仕掛けがあるかもと調べて窪(くぼ)みを見つけた。調査隊のせいでその後を調べることができなくてやきもきしていたが、これでようやくだ。

「この窪みですか?」

デーズがタムルの見つけた窪みを覗き込む。

手は入りそうだが、中に何かあるようには見えない。

「うーん？　よくわかりませんね」

そう言いながらデーズが無造作に中に手を入れる。

「ば、馬鹿っ！」

パトスが慌ててデーズの手を引き抜いた。デーズはきょとんとしているが、パトスが正しい。

「中が安全だとは限らない。仕掛けがなくても、毒蛇が潜んでいる場合だってある」

「え、それはやだ」

蛇に怯えるデーズだが、蛇ならばまだ対処ができていいのではないか。

「でも奥で何か引っかかりましたよ。蛇がいたらさっき噛まれていると思うので、もう一回手を入れてみましょうか？」

脅したばかりなのに懲りない。どうするかとパトスを振り返ると、大きく首を横に振って短剣を取り出した。ひとまずそれで中の様子を探るつもりのようだ。

「おー。パトス、頭いい」

「お前が悪い！」

その意見には賛成だ。

「ああ、でもこの窪みってちょうど短剣が入るくらいだね」

そう言われれば、幅はちょうどいい。

「中もちょうどだ。何かに当たった」

パトスが短剣を動かすとカチリと何かが動いたような音がした。

「何か……うわっ！」

地面が揺れた。わずかな揺れは、徐々に大きくなっていき、地響きのような音が聞こえ始める。

「開く！」

デーズが弾んだ声をあげる。

さきほど確認した壁の隙間が広がっていく。

期待に目が輝いた。かつては魔剣が見つかった遺跡だ。隠し通路があるとなれば、よりよいものを期待してしまう。

開いた場所からはまっすぐに奥へと続く通路が見えた。

「あれ？　土の地面だ」

パトスが呟いたのは、現れた通路が舗装されていなかったためだろう。もしこの先に魔剣や魔道具が置いてあるならば、通路も整備されていることがほとんどだ。

だが、進まないという選択肢はない。

松明を回収して足を踏み入れる。

通路は二人がやっと肩を並べることができるくらいの狭さだ。もしものことを考えて、剣は抜き身のまま歩く。この狭さでは咄嗟のときに抜くことが難しい。

気配を探りながらゆっくりと進むが、ときおり風が吹いてくる以外は危険なことはなさそうだ。

「隠し通路ではなくて、この洞窟に入るための扉だったということも考えられますよね」

この簡素な様子から見て、デーズの言うことは正しいかもしれない。遺跡の入口がひとつとは限らない。このまま森のどこかへ続いている道だと考えるほうが、この風の説明も簡単だ。

通路も進んで行くごとにどんどんと広くなる。人工的な遺跡では、通常、奥へ進むごとに広くなる造りは考えにくい。

そう思っていると、奥にわずかに光が見え始めた。

「期待していたのに」

仕掛けのあった扉を開けた。期待しないことのほうがおかしい。

「残念だったな」

通路も広がってきたことから、タムルは剣を鞘に収めた。ふたりもそれぞれ剣を収める。

光はどんどん大きくなっていき、やがてその場所がはっきりと見え始めた。

「うわ！」

叫んで走り出したのはデーズだ。

そこに広がる光景は、予想していたものとは随分違っていた。

砦の訓練場が丸ごと一個入りそうなほど広く開けた場所。

見えていた光は、高さが十メートル以上もある大穴だった。その穴はぽっかりと空へ向けて大きく広がっている。

「森のどこかへ出るものとばかり思っていました。でも、ここって……」

周囲を見回したデーズがさっと青ざめる。

それも仕方なかった。

広さゆえに匂いは籠っていないが、何かがここにいた気配はある。

おそらく食事をした痕跡。寝床のような、枯れ草が集められた場所。そして……。

「魔剣……」

寝床だと思われるすぐそばに、キラキラと光るものが無造作に積まれている。

それは装飾品であったり、金属の杯であったりするが、中には何本かの剣が紛れ込んでいた。

「すごい。すごいけど、これは絶対まずいやつだ」

パトスの言っていることは間違いない。

これは大型の魔獣、もしくはそれを超えるようなものの寝床だ。

おそらく出入口と思われる穴が大きく上を向いているために気づかなかった。ラスのような存在なら、姿を変えることもできるし……。

「ああ、そうか」

ラスと出会ったのはこの洞窟だ。ラスはここに棲んでいたのかもしれない。

「ラスくんを攫ってきた魔獣かな？」

そういえばラスは魔獣に連れさられた子供ということになっていたなと思い出す。まさか本人の可能性のほうが強いぞとは言えずにタムルは足を進めた。

「タムル様？」

魔剣に近づいて行くタムルにデーズが慌てたように声をかける。

「下手に何か触って感づかれてもまずいです！　調査隊がまだ残っていますし、帰って報告したほうが……」

あそこに積んであるものは、おそらくここに棲む何かが集めたもの。もしそれがラスなら、タムルが触っても怒ったりはしないはず。

そう思って……。タムルは足元できらりと光るものに気づいて足を止めた。

かがんでそれを拾いあげたのは無意識だった。

ラスのものがそこに落ちているのかと、そんな気軽な気持ちで拾いあげたそれを掲げた瞬間、バチッと手に衝撃が走った。

思わず取り落としてしまったものを見て愕然とする。

「逃げるぞ」

とっさに振り返ってそう叫んだ。

ラスのものじゃない。だから、弾かれた。

ラスはタムルに移った気配を消したと言っていたが、まだ少し残っていた。触れた瞬間に弾かれたのは、ラスの気配を拒絶したからだ。

それは青い鱗。

紺にも近い、深い青。大きさは手のひらの半分ほど。ひとつがそれなら、持ち主の体はどれほどのものか。

「タムル様、それ！」

デーズもタムルが取り落としたものを見て真っ青になる。

「竜……！」

つぶやいた言葉がやけに大きく響く。

これが本物なら、騎士見習いや魔剣を持たないタムルがどうこうできるような相手じゃない。

三人同時に走り出した。

あの鱗ひとつでもかなりの価値があるが、もしここの主人に盗んだことがわかってしまえば砦が危険にさらされる。

この場所にいたことをなかったことにしてしまいたい。

厄介な相手だ。

来た道を駆けながら戻って、窪みにあった短剣を外す。そうすると閉じていく扉にほっと息をついた。

この狭い通路をあそこにいるものが追いかけてこられるとは思えないが何が起きるか想像がつかない。だが、寝床に入り込んだ気配に気づいて追ってくるにも時間がかかるはずだ。

「ひとまず、ふたりで戻って報告を」

「指導官殿は」

「私はあれを触ってしまったからな。危険がないとわかるまではここで身を潜めていよう」

うかつだった。

触らなければ、痕跡は残らなかった。ラスの寝床かもしれないと思ってしまったことで油断してしまった。

何も持ってきてはいないから、見逃してくれるかもしれない。けれど、そうでなかった場合、多くの人に危険が及ぶことになる。

「しかし……」

「砦には魔法使いがいる。指示を仰いでくれ。気配を断つ方法もご存じだ」

そういう魔法がある。グルトは習得しているだろう。いくら疎遠になっているとはいえ、ここで弟を見捨てたりはしないはず。代わりに王都へ戻れとまた言われるかもしれないが、聞かなければ済む。

「わかりました。できるだけ早く戻ってきますので」

決断したデーズとパトスは早かった。もしものときにと持って来ていた携帯食料や野営の荷物を置いて走り出す。

あの様子ではひとりでいる時間はそう長くない。

バタバタと走り去る後ろ姿を確認して、タムルは大きく息を吐く。

壁にもたれて、そのままずるずると崩れ落ちるように地面に座り込んだ。

「くそっ！」

滅多に出ない悪態が口をつく。

デーズとパトスの前では表情を取り繕ったが、完全なタムルの失態だった。

ラスの寝床だと思ったから？

言い訳でしかない。竜かもしれないという情報は頭にあったのに、それほど力のある存在がそう何匹もいるはずはないと軽く考えていた。

ラスが竜であるという確信はなかったが、そうであっても不思議はない。だからグルトが調べているものはすべてラスに関わることだと思い込んでいた。

「……」

鱗に触れてしまった右手を掲げる。

もし鱗の気配を断ちきることができなかったらと想像して、ぞっとした。

鱗には持ち主の気配が強く残っている。

それを触った者が移動すれば気配を辿って追ってくるかもしれない。

最悪は腕を切り落とすことも考えなければならない。この右手ひとつで、鱗の持ち主からの追跡から逃れられるのなら安いものだ。

だが、それは完全に騎士への道を断つこと。

悔しくて、壁に右手を叩きつける。

痛みなど感じなかった。


「お前は何をしている」

呆れたような声に顔をあげると、松明を掲げてこちらを見ているグルトがいた。その後ろには調査隊として王都からついて来ていた騎士が二名。名前は知らないが、王都で剣の指導をしていたころに何度か顔を合わせたこともある相手だ。

デーズとパトスがここを出てから二時間半ほど。グルトと騎士達が馬で来ただろうことを考えても、砦から徒歩で二時間かかる場所だ。ふたりともかなり急いでくれたのだろう。

「三人でここまで来られたのですか？」

どうにか冷静を装ってみるが、自分の声が遠くに聞こえる。タムルのためにここまで足を運んでくれたグルトと騎士にまずは礼をしたいのに言葉がうまく出てこない。

「いや、他の者は洞窟の前で待機している。それより、状況を説明してくれ」

右手が熱い。

少し頭がぼうっとするのは何かの影響があるからか？

「この先に竜の寝床らしき場所があり、侵入しました」

自分の行動を声に出していくことで、また強い後悔に襲われる。

「そのまま戻って報告するべきところ、落ちていた鱗を触ってしまいました。砦にそのまま戻れば、鱗の気配を持ち帰ってしまう可能性がありましたので待機いたしました」

ゆっくりと目を閉じたのは、感情を抑えるためだ。大きく息を吸って、吐く。

「うかつでした。申し訳ございません」

「今更言っても仕方がない」

何か大きなものの寝床だと気づいたのに、それがラスかもしれないと思ったら危機感よりも好奇心のほうが勝った。何度後悔しても、しきれない。

「確かに鱗だったか？」

こくりと頷く。

鱗はかなりの大きさだった。

竜の縄張り意識は強い。今、こうしてタムルが無事なのはまだ竜が寝床に戻っていないからだ。

　捨てられた寝床であればいい。けれど、食事のあとが残っていた。それはそう古いものではなかった。

「青い鱗でした。竜の目撃情報は？」

　グルトはゆっくり首を横に振る。もしそれがあったなら調査隊はのんびり休息をとっていられないはずだ。

「まだスエル王国からもたらされたもの以外はない。こちらで情報があったら、今頃国をあげての大騒ぎだ」

　グルトの視線が閉じた壁に向かう。大股でそちらへ近づいたかと思うと、その周囲や扉を開けるための窪みを丹念に調べ始めた。

「これは……助かった。タムル、この仕掛け自体が気配を断ちきるように作られている。ここをくぐって閉じれば気配が消えるようになっているな。この竜の寝床は遺跡が造られたときからあるのかもしれない」

「ああ、それで……」

　扉にしてはおかしいと感じた。外に続いていくかのような通路なのに内側に鍵の仕掛けがある。もちろん、外側にもあるのかもしれないが、あまり聞いたことのない造りだ。

「まあ、さすがに今いる竜は古代から生きているものではないだろうが」

魔法が栄えた時代は今から千年ほど前だ。竜の寿命は長いもので五、六百年だと推測されている。推測に誤差があったとしても、それほど大きくはない。

「竜は同族意識が強い。受け継がれている寝床かもしれないな」

調べてみたい気持ちがないわけではないが、それは即座に死を意味する。

タムルも寝床がラスのものかもしれないと思わなければ、もっと慎重に行動していた。

「触れたのはどちらの手だ？」

そう言われて右手を差し出す。グルトはじっくりとその手を眺めて、少し眉根を寄せた。壁に叩きつけたときの小さな傷がある。

「大丈夫です。痛みはありません」

これくらい、何ともない。むしろ痛みが欲しかった。そうすれば後悔も少しは軽くなったかもしれないのに。

「砦に戻ったらちゃんと診てもらえ」

これくらいの傷で医者にかかっていては、砦の医者は何人いても足りない。

「とりあえず、これを」

グルトが取り出したのは古い布だ。縫いこんである模様が図柄というよりは文字のように見える。ただの布ではなく、魔道具だ。

「こうして巻いておけばある程度は大丈夫だ。とりあえずは一晩、このまま……あ、そうすると医者はどうする？　それほど大きな傷ではないが、私が一緒にいれば平気か？」

　ぐるぐると布を巻きながら呟くグルトは、ずいぶん甘い。

　鱗が触れた手には気配が強く残っている。この壁に気配を遮断されたとはいえ、このわずかな気配を追ってくれば砦にいる人々の安全は保障されない。

　それなのに右手を切り落とす可能性を、一切口にしない。

　本来ならそうすることも考えなければならないはずだ。右手ひとつで竜の襲来の危険が減るなら安いものだから。

「兄上」

「馬鹿なことは言うなよ。壁に遮断されているし、封じの布も使った。大丈夫だ」

　もしここにいたのがタムルではなく、名もない平民だったら。あるいはここに来たのがグルトでなかったら、タムルの右手はなかったかもしれないのに。

　それほど竜は脅威だ。

　わずかでも機嫌を損ねれば、滅びるしかない。

「本当に残念だな」

　耳に飛び込んできたのは、小さな呟きだった。聞き取れるかどうかも怪しいほどの。

　グルトと一緒に来た騎士の片方。茶色の髪の男が漏らした言葉に顔をあげる。目が合うと、騎士はびくりと体を震わせた。

「何かおっしゃいましたか？」

　声が冷たく響く。

　自分のうかつな行動によって迷惑をかけている相手なのに、湧き起こる感情が制御できない。

「い、いや。何も」

　慌てて取り繕っているが、その顔を見ているだけで吐き気がしそうだ。

　何度も『残念』だと言われてきた。

　慣れてもいいはずの言葉。それなのに、自分は未だにその言葉に冷静さを失う。

「私のことを残念だとおっしゃった」

「そんなことは！」

　もう片方の騎士が慌てて前に出る。タムルの纏う気配が攻撃的なものに感じたのだろう。確かに怒ってはいるが、この場所で剣を抜こうなどとは思っていない。

「タムル、落ち着け」

「落ち着いていますよ」

　心配するグルトににっこり笑ってみせる。

「ただ、残念だとおっしゃる言葉の意味を聞きたいだけです」

　この騎士はタムルの何を見限ったのか。

　魔力がないこと。魔剣を持てないこと。騎士になれないこと。

今ならば、うかつな行動で迷惑をかけたこと。

「私の右手を切り落とせなくて、残念ですか？」

騎士になる道を完全に断ってやれなくて、残念だ。本当にそういう言葉だったのなら、タムルはこの場で剣を抜いてしまうかもしれない。

相手は騎士ふたり。場合によってはグルトも向こう側だろう。勝てる見込みはないが、素直に負けてやるつもりもない。

「タムル、そんなことを思うはずがないだろう！　お前は何と戦っている！」

グルトの大きな声がわんわんと頭に響く。

戦う？

戦ってはいない。いや、戦おうとしていた？

「私は……」

おかしい。

感情の起伏を制御できていない。

よくわからないものに突き動かされていたような気がしてタムルはゆっくり首を横に振る。

「タムル、聞こえているか？」

聞こえている。

はっきりと、聞こえている。

「……ええ」

どうにか声を絞りだした。

「竜の鱗に触れて、感情が不安定になっている。落ち着いてゆっくり呼吸をしろ」

言われたとおりに意識して呼吸を深くする。何度か繰り返しているうちに頭が冷静になっていくことがわかった。

「大丈夫か？」

顔を覗き込んでくるグルトに、小さく頷く。

「申し訳ありません」

まだ少し、心のなかがざわついているような気はする。それでも先ほどよりはずっとましだ。

「ご迷惑をおかけしました。発言について、お詫びいたします」

ふたりの騎士に頭を下げる。感情をむき出しにしてしまった自分が恥ずかしくて消えてしまいたいくらいだ。

「いえっ、こちらこそ申し訳ございませんっ！」

大きな声をあげたのは、残念だと呟いた茶色の髪の騎士だった。タムルより、さらに深く頭を下げられてタムルは戸惑う。

「私はずっと、タムル様に憧れておりました」

言われた言葉の意味がわからずに、眉根を寄せた。

「残念だというのは自分に向けての言葉です。私ではタムル様の役に立てることができなくて残念だと！」

騎士は頭を下げたまま、一息にそう言った。

「騎士ならば魔剣を持たずに互角に渡り合うタムル様のすごさを知らない者はおりません。タムル様は天才です！　だからこそ、つい悔しくて」

悔しい。

その言葉にタムルはハッと目を見開く。

「もちろん、ご本人が一番悔しいのはわかっていますが、私も悔しいのです。だからタムル様の力になれないことが残念でなりません」

まだだ。

自分はまだこれからだ。

きっと使える魔剣はある。

残念だなどと侮られたままではいない。

それだけを頑なに思っていた。

誰かが一緒に悔しがってくれているなど想像もしたことがなかった。

知らないうちにぎゅっと拳を握りしめる。

「タ、タムルはそれほどすごいのか？」

グルトがとぼけた声をあげる。

「あたりまえです！　魔獣に関する知識と、剣技は群を抜いています。魔剣さえあれば、歴代の騎士に名を連ねる方です！」

言葉が熱い。

「騎士見習いの中にはタムル様がいるから砦に来ることを決めた者もいます！　私も見習いならそうしていた！」

「す、すみません。こいつ、本当にタムル様に憧れているので」

ぐっと近づいて来ようとする茶色の髪の騎士を、もう片方が慌てて止める。

「王都の騎士は皆、貴方(あなた)が魔剣を見つけて戻ってくるのを待っています」

その言葉に大きく視界が開けた気がした。

瞬間に頭に浮かんだのはラスの顔。

『タムルは綺麗(きれい)だよ。それにずっと努力していてすごい。誰だってタムルを好きになる』

馬鹿なと笑った言葉が頭によみがえる。

今すぐ家に戻ってラスに会いたい……。そう思ったが、こんな浮ついた気持ちはひどく自分に似合わない気がして首を横に振る。

「その……、ありがとうございます」

ひとまず目の前の騎士に告げた言葉は、言いなれていなくて小さな声になってしまった。

「タムル」

家に戻ると、やけに厳しい顔をした青年の姿のラスがいた。腕を組んで立っている姿は、不満があるぞとこちらに訴えている。

洞窟を出た時点で日は落ちていた。砦で報告を終えて戻ったのは随分遅い時間だ。

「ただいま、ラス。遅くなって悪かった」

頬が緩んだのは、ラスの顔を見て張りつめていた気持ちが和らいだからだ。

竜の鱗を触ってしまったこと。それによって右手を切り落とす可能性もあったこと。騎士達から思いがけない言葉を聞いたこと。

ラスに会ったらどう話そうかと思っていたのに、こうして顔を合わせただけで満たされたような気分になる。

「ただいまじゃないよ。俺以外の気配をこんなにくっつけて！」

遅くなったことで不機嫌になっているわけではないらしい。気配断ちの布だと聞いていたが、あまり役立っていないのかもしれない。

「ほら、それとって！」

右手をさしだすと、ぐるぐる巻きになっていた布にすぐに手をかけた。そんなに気に入らないのか。

「これは一晩外すなと……」

「どうして？」

「この手についた鱗の気配を遮断するためのものだから」

「俺がそれを今から消すの！」

ラスならできる。根拠はないが、そう思ってされるがままじっとしていた。

「あー、もうっ。俺の気配を消したとたんに他のをくっつけてくるって何？　もうやだ。ずっと俺のをつける。絶対、つける。タムルは俺のじゃないとだめ！」

おかしなところから布を引っ張ってしまったらしく、なかなか外れない。髪の毛が逆立ってしまいそうな勢いに、つい笑ってしまった。

「タムル！　笑い事じゃないよ。俺がどれだけ心配して、どれだけ必死にタムルのもとに行かないように耐えていたかわかっている？」

「そうか？」

「俺がタムルを迎えに行きたかったのに。デーズとパトスから、タムルの兄ちゃんが行ったって聞いたから」

鉢合わせにならないように耐えていたのか。それなら随分、長い時間やきもきしながら待っていたことだろう。

「どうしてそこまで私を気に掛けるのだ」

「もう、今更それを聞くの？　好きだからでしょう」

あっさりと言われた言葉に聞き間違いじゃないかと思った。

「好き？」

そういう感情がラスにもあるのかと驚いた。

いや、あるだろう。あってもおかしくない。だがそれは同族に対して持つ感情で、人であるタムルに対してはただ興味を持っているだけだと思っていた。いくらタムルに執着していると言っても、お気に入りのおもちゃを他人に取られたくないと思っているだけだろうと。

「大好きだよ、タムル。だから俺以外の気配をくっつけちゃだめ！」

今までならば聞き流していたその言葉が、今日はどうもむずがゆい。

見えていなかっただけで、周囲にはタムルが気づいていなかった感情が溢れている。

「外れた！」

やっとほどけた布を、ぽいっと床に放る。あれは魔道具で、しかもその効力からかなり高価だ。

「床に放るな」

拾おうとした手を掴まれる。

「タムルはこっち」

ラスは指を絡めるようにしてタムルの右手を握りしめた。慌てて手を引こうとしても力を込めて離してくれない。

「ラス！」

「タムルは俺のだから」

そのまま持ちあげられた手に唇が落ちて、どきりとした。

何度も手の甲に口づけられて振りほどこうとするが、できない。暴れる体を抱き寄せられて距離が近くなるだけだ。

「治療と同じだから、じっとして」

耳元で囁(ささや)かれてタムルは眉根を寄せる。

治療と同じだと言われれば……確かにそのとおりだ。ラスはタムルの右手についた気配を自分のもので上書きしようとしている。それが終わればもう青い竜の気配に怯えることはない。

「……早く、済ませてくれ」

観念してそう言うと、ラスはにっこりと笑った。そのままタムルを椅子に座らせて、自分は床に膝をつく。絡んだ指は外されたけれど、タムルの手はラスに握られたままだ。

いつもより鼓動が大きい気がしてタムルは目を逸(そ)らせる。

「動かないでよ？」

そう言ったラスが、人差し指をぱくりと口に咥(くわ)えて思わずびくりと体が跳ねた。

「ち、治療だよな？」

「もちろん」

人差し指は解放してくれたが、今度は手のひらに舌の感触がある。

ぞくりと背筋を這いあがってくるような何かを必死で抑え込んで、タムルは天井を見あげる。

そうしていれば少し気が逸らせるような……。

「……っ」

けれど、指と指の間をねとりと舐められて声があがりそうになった。

「タムルって、感じやすいよね？」

上目づかいで言われて、顔が引きつる。

「まだやるのか？」

「やるよ。少しも他の気配を残したくない」

そのわりに楽しそうにしているような……。指の腹に舌を這わせるラスを見ていられなくて左手で自分の顔を覆う。気を抜けば顔が赤く染まってしまいそうだった。

「どうして他の奴の巣穴に行ったの？」

どうしてと言われても不可抗力だ。竜の巣穴だとわかっていれば近づくことさえしなかった。

「お前の巣穴かと……」

「あんなものと俺を間違えないでくれる？　俺の鱗は赤！　この髪と同じ色だから間違えない

でよ」

鱗……。俺の鱗と言ったか。

「お前……」

タムルの呟きにラスはハッとしたように顔を伏せた。

「最近。俺、最近わかった。俺が何なのか。人じゃない姿になることもできた。タムルは俺を嫌いになる？」

少し震えているような気がして、タムルはそっとラスの頭に手を乗せる。

想像はしていた。

はっきりと聞いたわけではなかったが、ラスは大きな力を持った存在だ。

翼が生えたと言われたとき。スエル王国から目撃情報があると知ったとき。それから、青い鱗を持つ竜の寝床に行ったとき。

「今更だ。ラス、私はお前のいる生活が気に入っている。お前が何だろうと、嫌いになったりはしない」

ゆっくりと頭を撫でると、ラスの体から力が抜けていくのがわかった。ラスでも不安を感じることがあるようだ。

「タムルの兄ちゃんは、まだ帰らないの？」

「この騒ぎで帰れなくなったな。竜がいるかもしれないとなれば一大事だ」

それは魔獣というくくりには収まらない。

咆哮ひとつで山を崩し、羽ばたきひとつで川の流れを変える。一番厄介なのは、彼らの知能が高いことだ。

彼らは魔法を使う。姿も変えるし、人と対話もできる。

生息数は少なく、同族であっても滅多に会うことはないというが、その力は脅威だ。

彼らの機嫌ひとつで、国が消える。

それほどの圧倒的な力。

「タムルの兄ちゃんがいると、タムルが泣きそうな顔をするから嫌だ」

「そんな顔はしていない」

顔を背けると、ラスが少し笑った。

「仲良くはしないの？」

「ああ……。いや、わからない。私は長年、何かを見落としていたようだ」

「え？」

ラスのきょとんとした顔に今度はタムルが笑う。

「うちの家は代々、魔法使いを多く出す家系だ。私に魔力がないことで、随分家名を汚している。だから家族は私が騎士になることを反対するのだと思っていた」

騎士になると最初に告げたとき、普段は声を荒らげない父が本気で怒鳴った。

お前に剣を振るうことなどできるはずがない。やめておけ、と。

「違うかもしれない」

森から帰る途中でグルトと話そうと思ったが、一緒にいた騎士達から色々と話しかけられているうちに砦についてしまった。

けれど道中に向けられていたグルトの視線から嫌なものは感じなかった。

こちらを窺って心配しているような様子に戸惑ったのはタムルのほうだ。

「ラス?」

ふと見ると、ラスがタムルの手を握りしめたまま固まっていた。

「タムルは、魔力がないから家族と仲良くできなかったの?」

「いや、それだけじゃない」

きっかけは確かにそうだったかもしれない。けれど圧倒的に会話が足りていなかったことが原因だ。もっと時間をかけて説得すればよかったが、あの頃の自分は器用に魔法を使うグルトに早く追いつきたくて仕方なかった。

「たくさん魔力があって魔法使いになれていたら、家族とは離れなかったかもしれない?」

そうかもしれない。そうなればタムルが騎士になりたいと言っても国が許さなかっただろう。

「かもしれないが、私は……」

「あの……、タムル」

言いかけた言葉がラスに遮られる。

「何だ？」

「タムルは魔力なしじゃない」

「お前までそんなことを言うのか？　慰めはいらない」

笑おうと思った。

馬鹿なことを言うな、何度も確かめた。

魔剣を使えなければ騎士になれない。必死に魔力を求めて足掻いて、今ここにいる。けれど、ラスの様子に笑い飛ばすことはできなくて口を閉じる。

「慰めじゃ、なくて……！」

ラスがぎゅっと手を握る。その手は少し震えているようだ。

「あの、その……。タムルの魔力は……。ああ、もうっ。説明より、証明したほうが早いよね？」

「ラス？」

繋いだ手が急に熱くなった。

驚いて離そうとするが、握られた手はびくともしない。

「俺、タムルの魔力が好きだからずっと……。ごめん。俺がもっと早く生まれていたら、タムルが困る前に返せたのに」

何のことだかわからない。

繋いだ手から圧倒的な何かが自分に向けて流れ込んで来ようとしていて……。その正体がわからないまま、ぶわりと巻き起こる風に目を閉じる。

熱が、光が、風が。

ラスとタムルを中心に渦を巻くように広がっていく。

「返す。もう返せるようになった。だから嫌いにならないで」

へにゃりと歪んだラスが、青年の姿なのに子供のように思えた。泣きそうな顔とはこういう顔なのか。

やがてゆっくりと周囲が落ち着いていって……。タムルは数度、瞬きをした。

違う、とはっきり言える。

今までの感覚が五感だけならば、今はあきらかにもうひとつある。

目が見えなかった者が、見えるようになったとき。耳が聞こえなかった者が聞こえるようになったとき。きっとこういう感覚を味わうのではないか。

「これは……」

うまく言葉が出ない。ラスはタムルの肩に顔を埋めるようにしてタムルをぎゅっと抱きしめた。震える肩からラスの緊張が伝わってくる。

何か言ってやりたいが、自分の中の変化に戸惑うばかりでラスを慰める余裕がない。

じっと自分の手を見つめてみる。

見た目が変わった様子はない。内面だけがはっきりと変わった。

「魔力……か？」

魔力があるとはこういう感覚なのか。

ふと意識を向けると、ラスと繋いだ手を中心に光のようなものが見える。ゆらゆらと揺らいでいるからうまく扱えないけれど、それはタムルとラスとをぐるりと包み込んで輝きを放っている。

「タムル、黒い石をいつも持っていたよね」

輝きに夢中になっていた。ラスが話しかけなければいつまでもそれを見続けていた。

「ああ。ラスが欠片（かけら）を拾ってくれた」

まだ夢の中にいるような、ふわふわした感覚のまま答える。

「あれが竜の卵だって知っていた？」

「竜の……」

驚いて声がとぎれた。

一気に現実に引き戻されたが、それでもまだ頭がうまく働かない。

ラスは今、黒い誕生石が何だと言った？

「竜の卵？」

声が掠れる。

確かにあれは、父にさえ正体のわからない不思議な石だった。

けれど、そんなものだとは思っていなくて。

「竜ってなかなか生まれない。生まれた卵も魔力を与え続けないと、死んじゃう。俺も死にかけていた」

「ラスも？」

驚きがまだ引いていない。頭は混乱したままだったが、反応したのはラスが死にかけたという言葉だ。

竜の卵は魔力を与えないと死ぬ。ラスが死ぬということはラスが竜の卵だったように聞こえる。

それはそうか。ラスは竜で、生まれる前はもちろん卵だ。

ラスは生まれたばかりだと言っていた。

繋がるようにみえて、飲み込めない。それはタムルが動揺しているせいだろう。

戻った魔力に、黒い誕生石の正体。

魔力のことだけでも精一杯なのに。

「タムルの魔力が心地よくて、俺、ずっと卵のままでいいやって思っていて。だから、タムルは魔力なしじゃない。むしろ竜の卵に魔力を注げるほど、すごくて」

タムルを抱きしめる力が強くなる。

「何を言っている？」

生まれた卵も魔力を与え続けないと死ぬ。ラスも死にかけた。

タムルの魔力が心地よくてとは、どういうことだ？

「ごめん。本当にごめん。卵でいたときは、タムルが魔力のないことに苦しんでいるって知らなかった。生まれてから知ったけれど、力が安定するまでは止められなくて」

泣きそうなラスの顔は何度か見ていた。

そのたびにラスは何かを言いかけていた。ずっとラスは悩んでいたのだろう。

「お前……」

頭の中をぐるりとかき回されたような気がした。

ラスが言っていることは単純なことなのに、理解が追いつかない。

ゆっくり離れていくラスの手を、体を止めたいのに混乱が収まらなくて。

「ごめん、ごめんなさい。僕がタムルの魔力を全部奪っていたから！」

叫んだ声に、悩んでいる場合ではないと思った。

ラスが家を飛び出して行く。

早く追いかけないと、ラスが消えてしまう。

それは嫌だ。魔力など今はどうでもいい。ラスがいなくなることは嫌だ。単純な気持ちに突き動かされて、体が動いた。

扉を開けて外に飛び出る。

「うわっ！」

たたきつけるような風に足が止まった。ラスが風を起こしたのかと思ったが、そうではない。ラスもまた驚いた顔で上空を見あげていた。

『ふたり……？』

それは、大きな影だった。

宙に浮かぶ、巨大な影は二階建てのタムルの家と同じくらいだ。

ばさりと羽ばたきの音が聞こえるたびに風が巻き起こり、周囲のものが吹き飛ばされていく。通りから、人々の悲鳴や逃げ惑う声が聞こえて……タムルは青い竜から目が離せなくなった。

ラスが、家を出てきたタムルに気がついてこちらへ何かを叫んでいるが風にかき消されて聞こえない。

『同じ魔力を纏っているな？　双子だという話は聞いていないが……。まあいい。ひとり連れて行って話を聞こう』

それが視線を向けたのはタムルだった。

連れて行くというからには殺されはしない。そんなことを冷静に考えながら、転げるようにこちらへ向けて走ってくるラスの姿が目に入る。

ああ、ラスでなくてよかった。

攫われるのがラスだったら、きっと心配でいてもたってもいられなかっただろう。

大きな爪が自分に向けて伸ばされるのを他人事(ひとごと)のように見ながら、タムルはゆっくり目を閉じた。


「起きたか？」

低い男の声に、タムルはゆっくり目を開けた。

洞窟の中、竜の寝床だ。

時間はわからないがぽっかりと開いた大きな穴から見える空は、まだ夜が深いことを告げている。

前にもこういう状況があったなと思い、ふっと笑みが浮かんだ。

「外れをひいたかと思ったが、そうでもないか」

三十歳くらいの、大柄な男だった。

ぐっとあがった太い眉に大きな鼻。輝く黄金の腕輪が、鍛えあげられた褐色の肌によく映えている。ゆったりとしたズボンに、上は左肩から細長い布を垂らして腰で留めているだけの簡素な服。まるで宗教画の中にあるような古い時代の服装だが、不思議と違和感はない。

男が人ではないからだろう。

青く短い髪に、紺色に近い青の瞳。その青には見覚えがあった。タムルがこの場所で見たのは、この男の鱗だ。

タムルは枯草の集まった場所に寝かされていたようだ。

「どうして……」

「どうしても何も。久方ぶりに仲間が生まれた気配があったから来てみれば、人に紛れて暮らしているし、話がしたくて迎えに行ってみれば同じ気配を纏う者がふたりいる。いちかばちかで連れ帰ったのが人だとは思わなかった」

責められているのかそうでないのか判断がつきにくくて、タムルはゆっくりと体を起こす。

少し腕を回してみたが、どこか痛めたということはない。竜の爪に摑まれて運ばれた割には元気なようだ。

普通なら、泣き叫んでもおかしくない。それなのに、やけに冷静な自分が不思議だ。

驚き疲れているのかもしれない。今日は色々ありすぎだ。自分はもう一生分の驚きを使いきってしまった。

それにタムルが今、一番気にかかっているのは自分が攫われたことでも竜の寝床にいることでもない。

ラスはどうしただろう?

ただ、それだけだ。

ラスを追いかけたのに、手が届く前にこの竜に摑まってしまった。

泣きそうな顔で飛び出したラス。それが最後だとは思いたくない。きっとタムルのことを探してくれているはずだ。

「人のくせにどうしてそれほど竜の魔力を纏っている?」

竜の、魔力。それはラスから返された力だ。

「ラスは、魔力を返すと……」

何度も謝っていた。

自分がタムルの魔力を奪っていたと。

「あの赤いのが、お前に魔力を?」

赤いの……。それはラスのことを言っているのか? 確かにラスが自分の鱗は赤だと言っていた気がする。

「ああ。私が卵を持っていたから、それで私の魔力が必要だったようだ」

ラスの話していたことが、ようやく頭の中で纏まった。

竜の卵には魔力が必要だった。ラスは生き残るために、タムルから魔力を奪っていた。タムルに魔力がなかったのは、ラスが奪っていたから。

「生まれて、力も安定したから返すと」

嫌いにならないでと泣きそうになっていた顔が思い浮かぶ。

タムルは何度もラスに、魔力がないことについて弱音を吐いた。そのせいで、ラスはタムルに悪いことをしたと思ったのだ。

ラスは悪くない。生き延びるためにしたこと。

「なるほど。それでか。お前、人のくせによく卵が孵るほどに魔力を与えられたな」

ラスも竜の卵に魔力を注げるほどすごいと言っていた。

「竜の卵は常に魔力を与えなければならない。その間、親竜は無防備になる。それが嫌でせっかくの卵を捨てる竜もいるくらいだ。あの赤いのは幸運だったな」

細められた目の、瞳孔がきゅうと縦になってどきりとする。この男も竜だ。ラスと同じように。

「私は魔力なしじゃないのか？」

「ははは。人にしてはおかしいくらいの魔力だ。なにせ竜の卵がすくすく育つほどだからな」

近づいてきた男がタムルの顎に手をかける。

「これほどの魔力を持つ人は初めて見る」

そう……だろうか。

確かに今はこの体に得体のしれない力を感じる。それが魔力だと言われれば、納得できるような不思議な感覚が体の中を巡っている。

「今は、赤いのの魔力も混じっているようだが、受け取れる魔力の量は本来持っていたものを超えることはない。体に留まっているということは、それが本来持つ魔力だということだ」

男がじろじろとタムルを観察する。それから、ふむとひとつ大きく頷いた。

「面白い。お前に俺の名を教えてやろう」

とっさに首を横に振りそうになったのを耐えた。

竜の機嫌を損ねるような命知らずな真似はしたくない。せっかく機嫌がよさそうだから、ここは頷いておかなければ。

「俺はグヴェルカイン・アルベルザック・ダルバストール・ギン・タスマード・オルバ・ベアトリス・フィーン・シャルグだ」

「は？」

慌てて手で口を押さえた。長すぎるその名は覚えられないが、聞き返すわけにもいかない。

「言ってみろ」

男がにやりと笑う。こちらが覚えていないことを確信している笑みだ。

「グ……」

情けないことに、最初の一文字しか言えずにタムルは諦めた。グヴェ……なんとか。どこかにギンとか、ザックとかあった気もするが、間違えるよりは言えないほうがいいのではないか。

「はっはっはっ。そう、それだ。俺が名乗ると大抵の奴はそうなる。だからもう皆、好き勝手に呼ぶ。同族も、そうでない者も。そうやってどんどん名前が増えていった。全部が俺の名前で、どれが最初の名前かもうわからん」

ばんばんと背中を叩かれる。どうやらタムルが名前を言えないことに機嫌を損ねてはいないらしい。

「どれも大切で捨てられない名前だが、俺が名前と認識していればいい。お前は俺をグゥと呼べ。それがお前が認識する俺の名前だ。お前だけの俺の名前が存在することを許してやる」

難しい言い回しだが、名を呼ぶことを許されたらしい。

「グゥ……さん？」

竜だというからには途方もない年上に違いない。呼び捨てにするのも躊躇われてそう呼ぶと、男は肩を震わせて笑った。

「グゥさんだと？」

「様とか？」

「どちらもいらん。ただグゥと呼べ。許す」

許すと言われても、呼びづらいことに変わりはない。

「ほら、呼べ」

促されて、小さく名前を呼ぶと男……グゥは満足そうに頷いた。

「よしよし。じゃあ、お前の名前を教えろ」

「タムル」

するりと口から言葉が出た。

慌てて口を閉じたのは、名前を言おうと意識していなかったせいだ。

お前の名前を教えろと言われた瞬間に、無意識に声が出てしまった。グゥがタムルに何かをしかけたのかと身構える。

人にとって名前は名前以外の意味を持たないが、竜にとってもそうだとは限らない。

表情を引き締めたタムルにグゥは悪びれる様子もなく笑った。

「ああ、悪い。声に魔力が入ってしまった。無意識だ。力加減が難しいな。お前が人だとつい忘れてしまう。あー、あー、あー」

最初のあー、では肩がビクリと震えた。それからいくつか繰り返しているうちに違和感がなくなっていく。

「あー、あー。よし。これくらいか」

そうだなと一緒になって頷きそうになってしまった。どうやらタムルに合わせて魔力を調整してくれたようだ。話していると、どうも調子が狂う。

「人と話すのは久しぶりでな。変な感じがしたら言ってくれ。俺はお前を従わせたいわけじゃない」

「竜は、声で従わせることができるのか？」

「いや。これは俺の特殊能力だな。竜は個体によって使える魔法も、能力も違う。同じ竜は一匹たりとも存在しない。俺はすごいぞ。その気になれば、近くにいる魔獣を叫び声ひとつで操れる」

気安く話しているから油断していたが、やはり竜は竜だ。

叫び声ひとつで、森の魔獣がグゥに従う。それがどれほどのことか、想像もつかない。

ぞくりと背中に走った怯（おび）えをグゥは見逃さなかった。その顔にニヤリと残忍な笑みを乗せる。

「格好いいだろう！」

獲物を追い詰めるような、楽しげな声。

ずい、と体を寄せられて思わず後ずさる。その手に、寝床の横に積まれていた宝石のひとつが触れた。

「ああ、人はそういうものが好きか。好きなのを持って行っていいぞ」

慌てて首を横に振った。

どう答えることが正解なのかわからなくなってきそうだ。グゥとの会話は遊びのようでひとつ間違えば破滅する危うさを含んでいる。

再び寄ってこようとするグゥから離れようとして……、タムルはそこにあるものに気がついた。

魔剣。

そういえば、ここには魔剣が積まれていた。

魔力がなかったタムルなら使えないが、今のタムルなら。

慌てて側にあったひと振りに手を伸ばす。

それは、他に比べて装飾も少ない一振りではあったが掴んだ瞬間に一気に力が吸い込まれていくのがわかった。

「え……？」

吸い込まれる？

魔剣は魔力を吸うのか？　そう疑問を持った瞬間に、今度は魔剣から魔力が流れてきた。一度、魔剣の中を巡ってきた魔力が自分の中に戻ってきたようだ。鞘から抜くと、細身の刀身はわずかに銀色の光を纏っているかのようだ。

「魔剣……」

魔剣が、魔力を纏っている。

かすかに手が震えた。

あれほど望んだ魔剣が今、手の中にある。

こんなときなのにその事実に胸が熱くなった。

「綺麗だな」

剣を構えるタムルに男がほうとため息をついた。

確かに。

魔剣が放つ光が薄暗い空間に広がり、すべてを銀色で包んでいる。剣を動かすと、合わせて銀の光が尾を引いてついてきた。

「お前なら俺とも戦えるかもしれないな」

真正面に剣を構える。

自分の心臓の音が大きく聞こえた。高ぶる感情に身を任せると、銀色の光が強くなる。

まるで剣が応えてくれているようだ。

タムルが使える魔剣がある。ここに。今、手の中にある。

「試してみるか？」

竜と対峙できるほど優れているとは思えないが、今なら何にも負けない気がした。

「いいなあ。俺はお前が気に入った。他に欲しいものはないか。宝石、魔道具、人の命。城が欲しいなら奪ってやるぞ。どこかの国の王になるか？」

ここで頷こうものなら、現実になりかねない。

「興味はない」

「人は気がついたらいなくなるからな。また次に会ったときにとのんびりしていたら、孫の代になっていたりする。とりあえず、俺を側に置かないか？」

その言葉に眉根を寄せる。

「側に？」

「ああ。生まれたての赤いのよりは俺のほうが役立つだろう」

グゥが一歩、踏み出す。

それはどちらかを選べということか。グゥとラス。選ぶなら決まっている。

先に地面を蹴ったのはタムルだ。

敵うわけはない。そんな考えは捨てた。

振り下ろした剣先をグゥはギリギリで避けた。いや、ギリギリのように見えてそうではない。

完全に剣筋を見ていたから最小限の動きで避けただけだ。

ひゅんと銀色の光が剣の軌道を辿っていく。

それは剣の長さをはるかに超えて……。

「うわっ！」

慌てたグゥが身を捩る。その場所を銀色の光が駆けていき、弾けた。

「!?」

驚いたのはタムルのほうだ。銀色の光が地面に当たった瞬間に、大きく地面が抉れた。

魔剣が光を纏うことはあるが、その光が衝撃を与えるところは見たことがない。剣の軌道に沿う形で、五メートルほど。亀裂が走ったような地面に大きく目を見開く。

「やっぱり、お前は面白い！」

グゥの声が弾んでいる。

動揺して反応が遅れた。グゥの手が伸びてきて……。その手が触れると思った瞬間だった。

どん、と大きな音がした。

見あげたタムルは大きく口を開ける。

竜がいた。

赤褐色の大きな竜は、上に向いた洞窟の出入口の縁に摑まって中を覗き込んでいる。

「よう、赤いの！　これの側を俺に譲れ！」

赤褐色の竜は、その瞬間に咆哮をあげた。

纏う空気が一気に赤に染まる。

その中でグゥが声をあげて笑っていた。

「無茶苦茶怒っているぞ？」

確かに、そう見える。

「愛されているなあ。まあ、関係ないが」

愛されて？

タムルは再び赤褐色の竜を見あげる。くるりと大きな丸い目と視線が合ったような気がした。

「ラス！」

思わず、声をあげた。

ラスはタムルを助けに来たのだろうか。

「ラス！」

手を伸ばした。

とうてい届く距離ではないのに、近づけば触れられる気がして走り出す。逃げろと言えなかったのはタムルの身勝手だ。

来てくれて嬉しいと思ってしまった。まだ離れなくていい。ラスは側にいてくれる。

「そこで見ていろ。勝った者が正義だ」

グゥの手から青い光が放たれた。避ける間もなく、タムルを包み込んだ光は……、熱さも痛みも感じない。

光は四角い空間にタムルを包み込んで宙に浮いた。その勢いに座り込むが、柔らかい膜がタムルの体を包み込んでいる。

ドォオン、と爆発音のようなものが聞こえてタムルはとっさに両腕で身を庇った。

しかし自身を包み込む光の膜が衝撃を吸収したようで、少しもダメージは襲ってこない。グゥが作り出した青い光は結界のようだ。

グゥの姿はすでになく、代わりに赤褐色の竜より一回りは大きな青い竜が咆哮をあげるところだった。

「……っ！」

竜が二匹。

空中で対峙している。

ラスとグゥでは生まれたばかりであるラスのほうが分が悪いはずだ。体の大きさが、そのまま実力の差のように思えてぎゅっと拳を握りしめる。

それに……、とここからは見えない砦の方角を振り返る。

あれだけ大きな竜の体は、きっと砦からも見えている。

竜同士の戦いとなれば、タムルひとりが守られたところでどうしようもない。森は焦土と化すし、砦も安全ではないはずだ。

二匹の戦いを止めたいが、そんな方法があるだろうか？

「いや、やらなければ」

この森には遺跡が多い。未だ発見されていない魔剣も多く眠る。

人から魔獣と戦う術をなくすわけにはいかない。

それに、この場所がなくなれば金銭の取引以外での魔剣の取得が難しくなる。騎士になるための門は今よりもずっと狭くなり、デーズやパトスといった騎士見習い達の未来が閉ざされる。

魔剣を持てない苦しさは誰よりも知っている。

「まずはこれか……」

この光の膜をどうにかしなければ自由はない。今、宙に浮いている光の膜は器用に竜の攻撃できる範囲を避けている。ラスと対峙しながら、グゥはこの膜も操っている。

触れてみると、内幕は柔らかい。叩いてみるとカーテンを叩いたときのように手ごたえはなかった。

「魔力……。今の私に魔力があるというのなら……」

これは結界のようなもののはず。結界とは自分の魔力を固めて作る場合、それから自然にあるものを強化して作る場合、古代の魔道具を使う場合がある。今、タムルを包んでいるものはグゥの魔力を固めて作られている。

ならば、と内幕に触れた手に魔力を流す。

グゥがこの結界を作るために使ったものより多くの魔力を流せば、壊れる。もしくはこの結界を乗っ取れる。

今、グゥは戦いの最中だ。きっと多くの魔力をこちらには割いていない。

バチバチと青い光がタムルの銀色の光を弾く音がした。かまうものかと一気に力を流し込む。

物語の英雄のように。いつか自分もそうなれたらと思っていた。

目指したものは騎士だけれど、グルトと一緒に父の書斎で魔法書を開いて……まだ使うことのできない呪文を何度も唱えた。

わかる。

自分の中を巡る魔力をどう使うべきか。

あの魔法書には、体に巡らせて魔力を練ると書いてあった。それを体だけでなく周囲を巻き込んで行う。グゥの作った青い膜に巡らせてまた戻す……。魔剣がタムルの魔力を纏ったときのように。そうすれば徐々に青い膜はタムルの魔力で満たされていく。

ドォォォンと響く音に顔をあげると二匹の竜が体をぶつけあったところだった。

「ぶつけ……。あいつら、魔法も使えるだろうに」

竜が魔法を使い合えばどういう被害が出るかはわからないが、まさか肉弾戦になるとは思っていなかった。

グゥはラスが生まれたばかりということを気にしていたし、ラスに合わせたのかもしれない。戦いの前にこうして守ってくれる結界も張っている。悪い男ではない。

「かといって、竜を信用することはできないが」

その強大な力ゆえに、彼らは自由だ。

何人も彼らが決めたことを覆すことはできない。

グゥが会話の中で許すという言葉を使うのも、許したこと以外は認めないという傲慢さからだ。

『来い、赤いの！』

グゥの楽しそうな声が響く。ラスは、全身から炎を吹き出しそうなほどに必死だ。声をあげる余裕もない。遊ばれていると気がついていない。

力の差以前に、経験の差は大きい。

大きく口を開けて相手に噛みつこうとするが軽く避けられる。振りあげた尻尾が空を切る。

その風圧で小さな石粒が降り注いだ。

もしタムルが膜に守られていなかったら、そんな石粒でさえ肌に傷を残したはずだ。

「人は、弱いな」

どれだけ体を鍛えても、魔力を得ても……敵わない存在というものはある。

だからといってあきらめるのは性に合わない。

ぐっ、と手に力を込める。

タムルの魔力を弾こうとする膜に再び魔力を流し込む。

少し……あと、もう少し。

体中から銀色の光がはじけるように輝いた。

『なっ……!』

グゥが驚愕したような声が伝わってきた。

タムルを包んでいた光の膜が、銀色に輝いている。巡らせた魔力は、グゥの結界を乗っ取ることに成功した。

ふわふわと漂うだけだったものが、今はタムルの意思どおりに動く……!

『魔力を書き換えたのか？』

その驚きで、グゥは意識をラスから外してしまったらしい。再び体をぶつけてきたラスの攻撃を避けきれずに、空中でよろけたように見えた。

グゥが何に気を取られていたかなど、ラスには見えていない。

ラスが見たのは、グゥに隙ができたというただ一点の事実だけだ。

そのまま畳みかけるように、ラスが尻尾を振りあげてグゥに攻撃をしかける。

爆発音のような大きな音が響いて、グゥの体が視界から消えた。地面に叩き落されたと気がついたのは、土煙が見えたからだ。

「ラス！」

それでも心配したのはラスだ。

あれほど大きな体にぶつかって怪我(けが)をしていないか。グゥに報復されるのではないか。

『タムル！』

ラスがこちらへまっすぐに飛んでくる。

大きく翼を広げて、まるで抱擁しようとするかのような姿に慌てて逃げた。タムルが自分の魔力に置き換えた銀色の膜は竜の抱擁を受け止めきれるようなものか不安が残る。

「落ち着け、ラス」

慌てて手を前に出すと、ラスの体が止まった。

先ほど、土煙があがった場所を見るとグゥがゆっくりと体を起こすところだった。すぐにこちらへ飛んでくるのではないかと身構えたが、ぶるりと身を震わせたあとはこちらに背を向けて座り込んでしまった。

「……？」

翼が力なく垂れている。

『地面に落とされたほうが負けだ』

竜の戦いには終わりの決まりごとがあったらしい。

『俺たちは数も少ないし、なかなか死なない。だから戦いの決まりごとは多い。気を抜いた俺の負けだ』

つまりグゥは……ラスに負けて落ち込んでいるのか？

最強の生き物である竜が落ち込む姿はそう見られるものではない。

『タムル、無事？　怪我はない？』

そしてこちらの竜はオロオロとうろたえている。

最強の生き物ではなかったのか？

落ち込む竜とうろたえる竜を見ていたら、こんなときなのに笑いがこみあげてきた。

「ラス、人の姿には戻らないのか？」

大きな体を見あげてタムルは尋ねた。

夜が明け始めている。うっすらと明るくなっていく空に、ラスの赤い鱗が照らされてきらきらと輝いている。

先ほどの寝床に戻ってきたところだ。砦ではきっと大騒ぎだろうが、ここに調査隊が送られてくるのは状況がはっきりとしてからだろう。まだ先の話だ。

『……』

ラスの表情はよく見えない。

タムルから顔を逸らしているせいもある。

「ラス？」

『タムルは、俺が憎い？』

ぽつりと呟かれた言葉に驚いた。

憎む要素など、どこかにあったのか。ラスとの出会いは遺跡で助けられたところからだ。強引についてこられたことは迷惑だったが、今ではそれもまた楽しかったと言える思い出だ。

「どうして」

『俺はタムルの魔力を全部奪っていた』

ああ、確かにそういうことを言っていた。

タムルはずっと魔力のないことに苦しんできた。けれど、苦しかっただけではない。その中で自分を磨くことはできた。それに最初から魔力があったとしたら、きっと騎士を目指すことはできなかった。

「大丈夫だ」

『そんなはずない！』

ぐわりと大きく口が開く。

「誰でも生きる権利はある。お前は私の魔力なしでは生きられなかったのだろう？　それにもし、お前が魔力を奪っていると知っていても同じことだった」

『……？』

「ラスが生きるためなら、私は魔力を注いでいた」

ばたん、と大きな音がしたのはラスが尻尾を地面に叩きつけた音だ。

『タムルは俺が好き？』

「好きか嫌いかで言うと、嫌いではない」

ふわりと赤い光が竜の体を包み込んだ。しゅう、と音がして光が小さくなると同時に人の姿のラスが現れる。

「俺はタムルが好き」

「ああ、知っている」

ぎゅうと抱きついてくる体を受け止めて、自分より背の高いラスの頭を撫でてやる。

「だからタムルを苦しめていた俺が許せない」

「ラス？」

「俺が守るって。俺がどんなことからもタムルを守るって決めていたのに、タムルを一番苦しめていたのは俺だった」

　ふとこちらを見下ろすラスの顔が泣きそうで。

「違う、ラス！」

「違わない！　タムルから家族を奪った！　少しでも魔力を残せば魔剣だって使えていたのに、それも考えずにずっと！　俺はタムルの側にいる資格がない」

だから、避けることができなかった。

　軽く触れた唇に驚いた瞬間、ラスの体がタムルの腕の中から消える。

「ラス！」

　叫んだときには、赤い竜の巨体が大きく羽ばたいて飛びあがったところだった。

「ラス、この馬鹿野郎っ！」

　羽ばたきに魔法を乗せているのだろうか。翼が大きく動くたびにラスの姿はどんどん小さくなっていく。

「ふざけるな」

無事かと、怪我はないかと心配するならどうして去っていく?

側にいる資格など、ラスが決めることじゃない。

「私が決めることだ」

タムルはラスの姿が見えなくなっても、その空から目を離さなかった。


苦しいよ。

自分のものではない感情にタムルは眉をしかめた。

きゅうと胸が締めつけられるのは、決まって自分の体から赤い魔力が流れ出たときだ。

ラスがいなくなって三日。

いつものように午前の指導を終えて、訓練場でタムルは青い空を見あげた。

「ラス……」

魔力を返されたときに混ざってしまったラスの魔力は、残り香のようだ。どんどん薄くはなっているが、それはラスの気持ちをタムルに伝えてくる。

会いたい、寂しい、辛(つら)い、苦しい。

泣き声が混ざるようなその感情に引きずられてタムルは大きなため息をつく。

「タムル様、本当にその魔剣でいいのですか?」

デーズの言葉にタムルは、ハッとして振り返った。

タムルが持つ魔剣は、竜の寝床で手にした魔剣だ。

決して高位のものではない。今なら他にも質のいいものを望むことができるとわかってはいるが、新しいものを探す気にはなれなかった。タムルの魔力との馴染(なじ)みがよくて色が綺麗に出る。それで十分だ。

「魔剣の力に頼らなければならないわけではない。魔剣であるというだけで十分だ」

魔力を流せて、魔獣を切れる。それだけでいい。もともと魔剣でなくても魔獣を倒せる腕がある。

「タムル様、なにげに最強ですしね」

デーズがいつもと変わらない調子で言う。

「お前っ、また……っ！」

余計なことをとパトスが肩を小突いているが、変わらない態度のほうがありがたい。

騎士とは魔剣を持つ者。

その条件を満たしたタムルはすぐにでも騎士になれるはずだったが、困ったことがある。

魔力を取り戻したタムルは魔法にも目覚めた。

すでに騎士という道を選んではいるが、魔法使いにと求められる可能性も出てきた。

騎士よりも魔法使いが重要視される。ただ、タムルの年齢から魔法使いになった例はなく、王都でも報告に慌てているところだろう。

グルトは竜の出現の報告やタムルの魔力についてなど、慌ただしく報告書を作成し疲れきっていた。やっとひと息ついたようだが、あくまでひと息だ。

二匹の竜は、一匹が去りもう一匹が残った。

そう、残ってしまっている。

タムルがすぐに王都に移動できないのはそれが原因だ。

騎士になるにしろ、魔法使いになるにしろ、王都に戻らなければ話は進まないが、王都がグゥを受け入れるかどうかで揉めている。

しばらく待機と言われたものの、この砦の騎士見習い達でさえグゥに怯えていた。王都ではどれほどの騒ぎになるかわからない。

「タムル様が王都に戻ればすぐに任命式ですよね」

「まだしばらくかかるかもしれないな」

「え、そうですか?」

グゥを王都へ迎え入れる決断は、きっと誰にもできない。

「タムルはいるか?」

「隊長?」

訓練場に響いた声に、騎士見習い達が一斉に姿勢を正した。今、砦の隊長であるサルバは大忙しのはずだが、よく執務室から抜け出せたものだ。

「ああ、みんな楽にしてくれ。ちょっとタムルと話をしに来ただけだ」

ひらひらと片手を振る様子に、ざわめきが戻る。ちょいちょいと手招きをされてタムルはサルバの近くへと歩いた。騒ぎの報告はとっくに終わっているが、何かあっただろうか。

「調査隊に王都への帰還命令が届いたようだ。だが、あいにくとそれを受け取るはずの砦の隊長が執務室にいなくて、命令はまだ効力を発揮していない」

こそこそと声を低くするのは、当事者だという自覚からか。

「恐らくだが、そこには、お前も一緒にということが書いてあるのではないかと思う」

「はい」

もう少し時間がかかるかと思ったが、竜を王都へ迎え入れる決断を急かしてしまうほど、タムルの存在は大きいものになっているようだ。

「はい、じゃない。このまま王都にいけば、しばらく身動きが取れなくなるぞ」

しばらくとはどれくらいだろうとぼんやり考える。騎士になるとは決めているが、そう簡単にはいかない。その議論が終わるまでだとしても長くかかりそうだ。

「タムル。お前、休暇をまったく消化していないらしいな」

突然にそう言われて戸惑う。

「休暇、ですか？」

「ああ。休暇だ」

必死に走って来たタムルに休息は必要なかった。それくらいなら、ずっと走っていたかった。

「一ヶ月や二ヶ月、騎士になることが遅れたところで困らんだろう。今を逃せば、しばらく自由はないぞ」

サルバが言おうとしていることにようやく気がついた。

「ですが」

「いいじゃないか。お前はまっすぐに走りすぎだ。たまには自分のための寄り道くらい必要だろう」

タムル、会いたいよ。

そんな感情ばかりが伝わってくる。ラスはどこかできっと泣きそうな顔をしている。

ラスの顔が頭に浮かんだ瞬間に、心が決まった。

「休暇を、いただきます」

大きな声でそう宣言すると、サルバはニヤリと笑った。

「え、タムル様?」

慌てた声に後ろ手に手を振った。

まだこの体にラスの魔力が残っているうちなら、辿れるかもしれない。

タムル、タムル。

切ない声にタムルはいつの間にか駆け出していた。

伝えたいことがあるのは、ラスだけではない。タムルにだってあるのに一方的にいなくなるなど許せない。


「赤いのは逃げ足が早いな」

タムルの横でグゥがぼやいている。

砦を飛び出してラスを探し始めて二ヶ月が過ぎた。ぶつぶつと文句を言いながらもグゥはラスを探すのを手伝ってくれている。

海を隔てた大陸の端。

そんな場所でも、ここだと思えば足を運んだ。

そのたびに見つけるのは、ラスがいた痕跡だけ。いつもいつも、直前で逃げられている。今回も逃げられないようにと夜明け前に行動したのにいなくなっていた。

「俺が側にいれば、竜はいらないだろ」

「私が欲しいのは竜ではない」

どちらかといえば竜はいらない。面倒なことにしかならない。力が必要なら、自分でどうにかする。

「じゃあ、何が欲しい？」

ニヤリと笑われて、少しだけ耳が赤くなった。欲しいものと言われてまっさきに浮かんだのはただひとり。

会いたい、寂しい、辛い、苦しい。

それが伝わってくるたびにタムルだって言いたくなる。

同じだと。

同じ感情が、ここにあると。

「赤いのの代わりに守るのも疲れるな」

「自分の身くらい、自分で守れる」

その言葉にグゥは器用に片方の眉をあげる。

「目を離したらすぐ死ぬくせに」

「死なない」

タムルはもう魔剣を持っているし、魔法も使える。

すぐに死ぬような要素はどこにもない。

「嘘だ。前の奴は瞬きする間に死んでいた」

前の奴が誰のことをさすのかも、竜の瞬きがどれくらいの時間をさすのかもわからないが、グゥは誰かを失った経験があるらしい。

「大切な相手からは離れないことだ」

だからこうしてタムルがラスを探すのに手を貸してくれている。いつかその話も聞けたらいいが、今はラスを探すことが優先だ。

「赤いのは馬鹿だよなあ。こうなったら行きそうな場所に先回りするとか」

「それができるならそうしている」

無駄に世界中を駆け巡ったりはしていない。

「あいつはまだ赤ん坊みたいなものだから、定期的に生まれた場所に戻るぞ？」

「は？」

これだけずっと一緒に探し回っていながら初めて聞く情報におかしな声が出た。

「お前、卵はどこで拾った？」

「いや待て。どうして今までそのことを……」

さらりと話を続けるが、誇張ではなく世界中を飛び回っていたこの時間は何だったというのか。

「だって聞かれなかったし」

今だって聞いたわけじゃない。

「お前とふたりで楽しかったし」

そっちか。

呆(あき)れて文句を言おうにも、相手が竜ではこちらの怒りも理解しないだろう。竜は自分の思うとおりにしか動かない。

タムルを傷つけたと思っているラスが頑(かたく)なに逃げ回るのもそのせいだ。

「一度、王都へ行くか」

「王都？」

「卵を拾ったのは父だ。場所を聞く」

あれだけ騎士になることを反対していた父だ。行っても追い返されるかもしれないが、タムルはもう自分の道を歩いている。それも、伝えたい。

十年前、最後に見た顔がいつまでたっても頭から離れない。自分を怒鳴りつける以外の父の顔がもう思い出せなくなっていた。

「少しくらいは歩み寄れればいいが」

あのとき見えていなかったものがきっとあるはず。

それに休暇が溜まっていることを言い訳にラスを探すにも限界がきている。王都ではいつまでも戻らないタムルにやきもきしているはずだ。

やっと、あれだけ望んだ騎士になれる。タムルに亡命する気はさらさらないが、国がそれを知る術はない。

「あー、そうか。ならば仕方ねえな」

青い光を纏った体が、ぐわりと質量を増した。

あっという間に竜の姿になったグゥはタムルが乗りやすいようにと身をかがめてくれる。

「王都は騒がしいが、平気か？」

これから王都へ。それは問題ないとしても、竜で乗りつけるとなるとその騒ぎは目に見えるようだ。だが、グゥを王都へ迎え入れるか揉めていた者たちもそろって、姿を消されるよりは味方として現れることを喜んでくれるはず。

『騒がしいのは大好きだ！』

竜の笑い声というのは空気も震わせるらしい。


「おかえりなさいませ」

海を隔てた大陸の端にいても、竜に乗れば数時間とかからずに移動できる。

タムルが王都についたのは、その日の午後だ。

「急にすまない」

連絡もしていなかったのに、久しぶりに帰った実家では執事のレイトが恭しく出迎えてくれた。久しぶりというには長すぎる時間だが、出迎える笑顔は少しも変わらない。ひとまず追い返されることはないようでほっとする。

城に近い位置にある屋敷は前庭に噴水があり、いくつかの建物が連なっている。

魔法についての資料も多いことから、離れには年中泊まりこんでいるような者もいて、個人の家と言うよりは研究室が連なっているかのようだ。

「いえ、王都に竜が現れたと騒ぎになっておりましたので、こちらにいらっしゃることもあるかと構えておりました」

確かに、青い竜から王都を見下ろしたときの騒ぎようは尋常じゃなかった。だが、慣れてもらうしかない。これからもタムルはグゥにラスを探すのを協力してもらうつもりだし、ラスが見つかればきっと青い竜から赤い竜に変わるだけの話だ。

レイトは先代から仕えていて、この家のことは誰よりも詳しい。

騎士になると家出同然に飛び出したタムルを、レイトは何度も訪ねてきてくれた。そのすべてを快く受け止めていたわけではないが今では感謝している。

「その、竜は……?」

「王都を見学したいと言うから、知り合いに案内を任せた」

デーズはこの二ヶ月の間に魔剣を見つけて王都に戻ってきていた。グゥの案内を押しつけることになって真っ青になっていたが、面倒見のいいデーズなら大丈夫だろう。グゥもああ見えて人が好きで仕方ないようなところがある。

「け、見学ですか。竜が？」

竜が王都見学をすることによほど驚いたのか、レイトは何度もぱちぱちと瞬きした。

竜の姿のまま王都を闊歩することを想像したのかもしれない。

「ああ。竜は人の姿にもなれる。そのうち、こちらにも連れてこよう」

「ほっといたしました。こちらの屋敷は庭がそれほど広くございませんので」

引きつっているようにも見える顔につい笑ってしまう。

タムルの実家の庭は、花が好きな母の趣味で綺麗に整えられている。竜に乗ってくれば、その羽ばたきひとつですべてが散り散りになってしまうところだ。

「タムル様の笑顔は久しぶりでございます」

レイトがそう言って微笑んだ。ここにいたときの自分はそれほど笑わなかったかと少し恥ずかしくなる。

「皆さま、応接室にてお待ちです」

皆さまということは家族全員が揃っているのだろうか。父や母に、グルトも。

その顔を思い浮かべて、少しだけ緊張した。

父や母とは長い間、顔を合わせていない。一番、仲の良かったグルトでさえ、あれほどぎこちなかった。ふわりとした雰囲気の母はともかく、父と会話をすることはできるだろうか。

「ご案内いたします」

実家で案内というのもおかしな話だが、タムルは素直にレイトのあとに続いた。

ここはこれほど狭かったか。

久しぶりに通る廊下に違和感を覚える。

もちろん、王都でも指折りの屋敷だ。狭いということはないが、最後に見たのは十年前。そのときのタムルはもっとずっと大きく感じていた。

十年は長い。

馴染んだ実家も、知らない家のように感じてしまうほどの年月だ。

「お連れいたしました」

ノックとともにレイトが部屋の中に声をかける。

入れ、と答える懐かしい声にタムルは少し目を細めた。

父との会話は、家を出る前。騎士になると言ったタムルに反対する怒鳴り声が最後だ。

家を出てからは騎士見習いと魔法使いの距離は遠かった。式典などにも呼ばれるわけではなく、遠くからでもその姿を見ることはなかった。今でも父を思い浮かべるときはあのときの怒鳴り声が耳によみがえる。

「ご無沙汰しております」

声は普通に出せただろうか。

身長も伸びた、体も鍛えたのに、未だにこうして緊張するのは不思議だ。ただ会いに来たというだけなら、声も出せなかったかもしれない。今のタムルにはラスを探すという目的がある。

それがタムルを支えていた。

部屋に入るとグルトがソファから腰を浮かせた。母がグルトの隣で目頭をハンカチで押さえている。

父は正面のひとりがけのソファに座ったまま、こちらを見ていた。その顔には深い皺が刻まれ、ぐっと結ばれた口は開く様子はない。

『お前には無理だ！』

いつかこの場所で、その怒鳴り声を聞いた。

『この家の者には剣の才能などない、大人しく文官の道に進め。あんなものになる必要はない』

憧れていた騎士をあんなものと言われてカッとなった。自分も負けずに怒鳴り返して……。

そのときからもう十年だ。

父も少し小さくなったか。

それとも、昔はもっと大きく見えていただけか。

判断がつかずに、タムルは深く頭を下げる。

「退職願を書きなさい。まずは私の助手として仕事を覚えてから、しかるべき地位を用意する」

挨拶も何もない物言いに、一瞬何のことかと首を傾げた。けれどそれが自分の職に関することだと気がついて苦笑いがもれる。

「私は騎士になると家を出ました。それは今も変わりません」

「タムル！」

グルトが駆け寄ってこようとするのを片手で止める。

「魔法使いとして目覚めたなら、魔法使いとして国に仕えるのが当たり前だ。騎士など！」

「父上」

タムルは腰に差していた剣を鞘ごと外して父に向けた。

「魔剣を得ました。私の夢です」

やっと手に入れた夢。

これがあれば、落ち着いていられる。ただ怒鳴り返すことしかできなかった昔とは違う。

「だが！」

魔法使いの父から見れば、騎士でさえ下賤の仕事に思えるのかもしれない。魔剣を使うとはいえ、直接魔獣と対峙する。

きっとラスと会う前なら、そう捉えていた。

人の想いなど考えたことはなかった。

タムルにとっての真実は、頭ごなしに反対されたというそのひとつだけで、その裏に何か別の感情があるかもしれないなどと思ってもいなかった。

「私が騎士となることを反対する理由をお聞きしても？」

静かに尋ねると、父は大きく息を吐いた。

「危ないだろう？」

ただ、ひとこと。

続きがあるかと身構えるが、父はそれきり口を閉ざしてしまう。

「……それだけですか？」

思わず、こちらから確認した。

「それ以外に何がある」

真剣に返されて体の力が一気に抜けていく。

「私は怪我をしません」

「タムル？」

「魔剣を持っていないときですら、魔獣と戦っていました。魔剣を持った今、私の敵となるような魔獣はおりません」

他の者の言葉なら、傲慢なことだと責められるかもしれない。けれど、タムルはそれが事実だと証明できるだけの力がある。

騎士は人々を魔獣から守るために必要な職業だ。魔法使いは数が少ない。魔法使いだけですべての人々を守ることは不可能だ。

「騎士は最前線で戦わなければならないではないか！　魔法使いならば後方からの支援で怪我を負うことはない。いくらお前の剣の腕が優れていても、もしものことがあってからでは遅い！」

だん、とソファのひじ掛けに手を打つ。

「お前の剣の腕は素晴らしいものかもしれないが、絶対に怪我をしないとは言えないだろう！」

あれほどはっきり怪我をしないと言いきったばかりなのに、父の耳には届いていなかったらしい。

「お前が怪我をするかもしれないと想像しただけでぞっとする。私が城仕えを退いてからなら一緒に行って守ってやれるかもしれないが、今の私の立場ではそうもいかん」

万が一を考えて、国で一番の魔法使いが同行を考えるのか？

娘ならまだしも、もういい年をした息子に？

「私は守られなければならないほど」

「わかっている。お前は天才だ。けれど、絶対ではない」

「天才……？」

そして父はまたおかしな言葉を加えてきた。

「お前が天才でなくて、誰がそうだというのだ。お前は幼い頃から優れていた。私の書斎でグルトと一緒に魔法書を絵本代わりにしていたし、実際に魔法を使えるわけではないのに、その理論は完璧だった。お前が魔法使いとして目覚めなかったと知ったときには、天が人々に平等を与えるためにそうしたのかと思ったぞ」

「……」

「それなのに、騎士になると……。いっそ剣の才能などなければいいものを、そこでもお前は天才ぶりを発揮してしまった」

一体、これは誰だ？

切々と語る言葉にタムルは呆然とする。

「おまけに今度は魔法使いとして目覚めたと？　こんな年齢で魔法使いに目覚めるなど、うちのタムルは一体、どこまで規格外だ。危うくて見ていられない。頼むから、私の目の届く範囲にいてくれ」

今まで認めさせてやると頑張ってきたことは何だったのか。意地を張って、どちらにとっても無駄な時間を過ごしてしまった。

「剣を握る職でなければいい。文官は嫌なのか？　しかし魔法使いに目覚めた以上、城仕え以外の仕事は……。そうだ、研究職はどうだ？　お前は魔法の研究が好きだっただろう！」

「父上」

止めてみようと言葉を挟んでみるが止まりそうな気配はない。

「私はずっと父上や兄上に憧れていました」

「は？」

父が口を開いたまま固まった。よく見れば兄も同じような顔をしている。

「だから私は、私の選んだ道で身を立てたいと努力しました。少々遅くはなりましたが、父上や兄上と肩を並べるために頑張ったのです」

「タムル……」

グルトの声が少し震えている。

「ですので私を少しでも誇りに思ってくださる気持ちがあるなら、褒めていただけませんか？」

上手(うま)く笑顔は作れているだろうか。

母が声をあげて泣き始めたから、変に顔は引きつっているのかもしれない。

『タムル様っ、そういうときはよくやったって褒めて、ぎゅうってしてあげてください！』

デーズに言われて戸惑ったが、なるほど頑張れば褒めてもらいたいと思うものだとこの年になってようやく気づく。

父や兄と肩を並べるためには、同じ道では無理だった。魔法使いに目覚めていない自分では、父や兄を超えられない。別の道を行くからこそ、対等になれる。そう思って必死に騎士への道を走りぬいた。

「……」

けれど、椅子に腰を下ろしたままの父は厳しい顔をするだけだ。

「まだ足りませんか」

自分はまだ魔剣を手にしたばかりだ。騎士にはなれるだろうが、筆頭魔法使いの父に肩を並べたとは言えない。

「では、騎士としてもう少し地位をあげてから来ます」

また走るだけ。魔剣を探していたころを思えば、どんな道でもきっと走っていけるだろう。認めてもらうことを焦らなくてもいい。父の想いを聞くことができただけでも大きな前進だ。

「待てっ！」

焦りを含んだ声だった。タムルがこのまま出て行ってしまうと思ったのかもしれない。

「その、あれだ。騎士を認めるわけにはいかない。……いかないが、お前はよくやった。この家の、私の誇りだ」

それを告げる父の顔は、どこか照れているようで。

ああ、そうか。これほど簡単なことだったたか。

「タムル、私もお前を誇りに思っているぞ！」

グルトが両手を広げて迫ってくる。その勢いに押されそうになったが、踏みとどまって受け入れた。

「ありがとうございます」

そう答える声は自分の口から出たとは思えないほど穏やかだった。

結び目がするりと解けていくような感覚に、自然に顔がほころんでいく。

ふと見れば、グルトも母も笑っていた。父だけはぎこちない顔だったが、今までを思えば、あれは笑顔の部類に入るのかもしれない。

「ああ、そうだ。お前の誕生石！　あれの研究をすると言っていたではないか。ここに研究室を建てるのはどうだ！」

急に父が大声を出してびくりとする。

誇りに思うと言って貰えたことで騎士になることを認めて貰えたと思ったが、そう甘くはないらしい。

「すみません。それについては謝らなくてはならないことが」

「な、何だ」

「誕生石を失くしました」

正確には孵化してなくなってしまったが、そこまで言う必要はない。

「何だと。ではすぐに別のものを用意しなくては。お前を守る大切な石だ。陛下に相談して城の宝物庫を開けてもら……」

「父上」

大事になりそうで慌てて止めた。記憶の中の父はいつも毅然とした態度を崩さない人だった。グルトの話をするときはいつもほんの少しだけ顔が緩んでいたが……。もしかするとタムルの話をするときもそういう表情だったのかもしれない。

「私にとって大切な誕生石でした。あの石以外は必要ありません。誕生石はどこで手に入れましたか？」

尋ねた言葉に返ってきたのは意外な言葉だった。

「お前もよく知っている場所だ」

「え？」

「砦の近くの遺跡だよ。その場所でお前は魔剣を見つけたと聞いているが」

ああ、そうか。

だからラスはあの場所で生まれた。

タムルの危機もあったけれど、あの場所で生まれたからラスはタムルの前に出てくることができた。

「わかりました。調べたいことがありますので砦に戻ります」

「タムル、待て。砦は最近、竜も出て危険だと」

その竜を乗り物代わりにしているのはタムルだと聞いているはずなのに、まだ心配するのか。もう少し頻繁に実家に顔を出して、安心させてやったほうがいいかもしれない。

「大丈夫ですよ」

「待て。危ないことはもう……！」

なおも言う父にもう一匹を探しに行くとは言えず、タムルは逃げるように実家をあとにした。


苦しいよ。

その声がまた聞こえてきてタムルは胸を押さえる。

会いたい。

ああ、私も。

洞窟の中を歩きながら、心の中でそう返す。

また逃げられるかもしれないと思ったから、タムルは最初にグゥにラスに会いに行くように頼んだ。王都見学を楽しんでいたグゥは渋ったが、すぐに出発してくれた。

翌日、ラスが会うということを伝えに戻ってきてくれたときは、かなり得意げだったのでそのままおだててここに連れてきてもらった。

何度も俺を使い走りにするとはと文句を言っていたが、顔はニヤついていたから本心ではない。竜とは本当につかみにくい生き物だ。

寝床にたどり着くと、そこには大きな赤褐色の竜がぽつんとたたずんでいた。逃げずにいてくれたことにほっとする。

タムルだ！

視線が合うと、歓喜が流れ込んできた。

タムル、タムル。会いたかった。

タムルの体から、ラスの纏っている魔力と同じものが溢れ出す。それはまるで踊るようにタムルの体のまわりをふわふわと漂った。

こんなにも会いたいと思ってくれていた。

「ラス」

なのに、名前を呼ぶと竜の巨体がびくりと震えた。

「この前、伝えそこねたが私はお前を恨んでいない」

『……』

「恨むとすれば、あれだな。このところ、ずっとお前の嘆きが聞こえてきて眠れないことか」

『え？』

「え、じゃない。苦しい、会いたい、好きだ、辛い。お前の心が全部伝わってくる。私がお前に会いたいと思っている気持ちは伝わらなかったか？」

『タムルのそんな声が聞こえてきたら、がまんできなくなっちゃうから遮断していた』

そんなこともできるのか。ならば今度はぜひ、その方法を聞いておかなければ。

そう思ったのも束の間で、ふっと溢れていたラスの感情が静かになる。どうやら向こうから遮断することもできるらしい。もし聞こえていたら、今は怯えているようなラスの感情が伝わっているはずだ。

「一方的に逃げるから、心配した」

不安そうにこちらを見るラスに安心してほしくて笑みを浮かべる。

『俺は竜だからタムルが心配する必要はない』

「それがな、大切な存在というのはどうしても心配になってしまう」

実家で饒舌だった父を思い出す。

父にとってタムルはいつまでも小さな子供らしい。魔剣を手に入れただけでなく、魔法使いとしても目覚めた自分は、恐らくこの国で右に出るものはいないない存在になった。

それでも、足元に小石が転がっていないか心配してしまうと父がぼやいていた。

「タムルは俺が大切?」

しゅう、と小さくなっていく体。いつの間にかそこに立っている青年の姿のラスの体を抱きしめる。

「ああ。大切だ。離れてからお前のことばかり考えていた」

「タムル。それって勘違いしちゃうよ?」

「勘違いじゃない」

見あげたラスは泣きそうな顔だ。

離れてからずっと、こんな顔をしていたのだろうか。

「ラス、お前は私が好きだと言った」

「うん」

「その心がずっと伝わってくる。会えなくて苦しい。会いたい。好きだ。愛している」

「あ、えっと……、その……」

ラスの顔が赤くなる。さすがに心を知られていたというのは恥ずかしいらしい。タムルはそっとその頬に手を伸ばす。

「私も同じだ」

触れた手でラスの顔を包み込む。

「私も会えなくて苦しい。会いたいと思っていた。だから、気がついたよ。お前の心がそう叫んでいるのが好きという感情のせいなら、私もお前を好きだと」

まっすぐに見つめる目が、愛おしい。

「あいにく、恋愛ごとには不得手でな。申し訳ないが、これで精一杯だ」

ラスの頭の後ろに手を回して引き寄せる。

重なる唇は少し冷たくて。

体温が移る前に離れてしまうと、少し寂しい気がした。

「タ……っ、タタタタタムっ」

とたんに真っ赤になるラスに笑ってしまう。

「お前が会いたい寂しいと繰り返すから悪い」

「タムルっ！」

ようやく名前になった言葉と同時に抱きしめられた。ぎゅうと隙間のないほど強く。

「ラ……」

ラス、と呼びかけようとした音がラスの唇に吸い込まれる。

深く重なる口づけに目を閉じると、ぬるりとしたものが口の中に入り込んできた。

「ん……」

迎え入れるように自分の舌を重ねると、ラスの体がぴたりと止まった。

どうしたのかと唇を離してみると、ラスが小さく震えている。

「ラス？」

顔を覗き込むと、ぽたりと雫が落ちて来た。

ラスの瞳からぽろぽろと零れる涙に驚いて、慌てて手で拭うが一向に止まりそうにない。

「ラス……うわっ！」

もう一度、呼びかけた瞬間に飛びつかれた。ぐらりとバランスを崩して地面に倒れ込むが
……、きっとラスはそれを狙っていた。痛みがないよう、タムルの体をしっかりと抱きとめて

いる。

「タムル」

地面に横たわるタムルを真上から見下ろすラスの声には、今までなかった熱がこもっていた。

「好きだ」

「ああ」

軽く聞き流してきたその言葉が、ずしりと響く。その響きが心地よくてタムルはラスに手を伸ばす。

「好き、タムル。愛している。ずっと……、ずっとだ」

「いつから？」

「卵の中にいたときから」

頬に添えられたタムルの手に、ラスは愛おしそうに目を細める。

「最初は心地いい魔力に酔った。もうこの魔力を手放すものかって……。ずっと必死に取り込んでいた」

近づいてきたラスの顔が、少しだけ歪む。

「俺、タムルに拾われなかったら消えていた。それくらい魔力に飢えていたから、タムルの魔力を全部……。ごめん。本当にごめん。謝ってすむことじゃないけれど、そのせいでタムルが家族と離れなきゃいけなくなるとは思わなかった」

「私は騎士になりたかったから、魔法使いになれなくて良かったが」

そう告げてもラスは首を横に振る。

「タムルが苦しいって知っていた。受け取っている魔力からわかっていた」

苦しいよと伝えてきていたラスの心を思い出す。あんな風にラスにもタムルの気持ちが伝わっていたのか。

だとすればここにもいた。

タムルが気づかないまま、タムルに寄り添う者が。

辛いとき、苦しいとき、同じように心を痛めてくれる者。

「だから、生まれたらきっと俺がタムルを守って誰より幸せにするって決めていた。けど、タムルが苦しんでいたのは俺の、せいで」

自分は一体、どれだけのものを見落としてきたのだろう。少し目を向けるだけで周囲には温かいものが溢れていたのに。

「違う、ラス。お前のおかげで私は多くのものに気がついた」

残念だと嘆く声に、力になりたいと思ってくれている者が紛れ込んでいることに気がつかなかった。言葉足らずで不器用な態度が、周囲を遠ざけていることにも。

タムルはラスに顔を近づける。

「ありがとう、ラス」

頬に触れたキスにラスが何度も目を瞬かせた。

「特別な相手にするキスだ」

唇が触れた場所をラスが大切そうに手で覆う。

「ああ。ラスは特別だ」

その手の上からもキスをすると、ラスの唇がようやく笑みの形を作る。キスひとつでラスが笑顔になるならいくらでもしてやりたい。

「タムル、好きだって言って。俺のこと、好きだって」

「ああ、好きだ」

初めて声に出す言葉だったが、するりとすべるように自然に溢れてきた。

「好きだ、ラス」

ずっとそれを言いたかった。ラスを探して、追いかけて……。この言葉を言いたかった。

ラスはタムルの言葉にぎゅっと目を閉じる。

「すごい。魔力もすごいけど、タムルの言葉は俺を元気にさせる」

抱きしめられて、そっと背中に手を回す。お互いの心臓の音が聞こえてきそうになるくらいの近い距離が……温もりが心地よくて、タムルはそっと目を閉じる。

「抱いていい？」

耳元で囁かれた声にどくりと大きく心臓が跳ねた。

そういうことを想像しなかったわけじゃない。

想いを伝えれば、ラスはどうするのか。

答えの代わりに、背中に回した手に力を込めた。

重なる唇に、今度は自分から舌を差し出すと甘く歯を立てられる。

「あ……」

ラスの手が服の上から太ももを撫でた。

「え?」

その瞬間にその場所の布が消える。予想外に直接触れた手に慌てて動くと、まるでそれを許さないとでも言うかのように強く抱きしめられた。

「ちょ……っ!」

ラスの手が胸元に当てられると、今度はその場所を中心に服が溶けていくようだ。露わになった胸元にラスの唇が押し当てられてびくりと体が震えた。

「待て、お前……、服っ……あっ!」

これも竜の魔法か。

胸の尖りを含まれて、抗議しようとした声が甘いものに変わる。ずくりと疼く感覚に気を取られているうちにラスの手はタムルの体のあらゆる場所に触れていった。

「綺麗。タムルって日に焼けないよね。ずっと外にいるのに」

生まれたままの姿では落ち着かない。見せたくなくてラスにしがみついてしまうのはあまりいい結果をもたらさないことがわかっている。

「ふ、服！　帰るときにどうするつもりだ」

「大丈夫。どうにかなるから」

「どうにかって……」

「それより、痛くない？」

地面に横たわる体は、不思議と痛くない。接した背中のあたりを確認すると、膜のようなものが地面を覆っている。そのおかげで裸のまま横たわっても大丈夫らしい。

「痛くは、ないが……」

「じゃあここからは止めないから」

にっこり笑ったラスが再び抱きついてきて……。触れた肌に再び驚く。ラスの服が一瞬でなくなった。竜から人になるときも服が現れたりするから、なくすことも簡単なのか。

「どうしよう、タムル。幸せだ」

首筋に顔を埋めたラスが、そんなことを言うからタムルは全身が赤く染まったような気になる。わざと音を立てながら降りていく唇は、合間に何度も愛を囁いてくる。

「好き、タムル。愛している」

わき腹を甘く噛まれてのけ反ると、背中に回った手がタムルの体を持ちあげた。突き出したようになった胸元にむしゃぶりつかれると、声を抑えることができなくなる。

開いた足の間にラスが腰を寄せる。

お互いの昂ったものがぶつかって……、ああラスも感じていると思った。

腰を抱えたまま、ラスの手がそれに触れる。

「あああっ！」

お互いのものを一緒に握りこむ手が、どうしようもなく熱い。

その手を止めたくて自分の手を伸ばしたはずなのに、気がつくとラスの手に添えられたそれが一緒に動いている。

「あぁっ、だめっ……待っ……！」

するりと動いたラスの頭の行方がその場所だと気がついて声をあげたときには、自分のものはラスの口の中に消えていた。

ただでさえ高められていたそれはラスの口の中で一気に質量を増す。

「いいよ、出して」

「しゃべる、なっ」

奥までくわえ込まれて、頭がちかちかする。必死に耐えようとするものの袋をやわやわと握られて足先にぐっと力が入った。

「ふ……っ、あ……」

じゅるり、と淫猥な音が響いて……タムルは両手で顔を覆う。

高められて、達した体はがくりと力が抜けていった。達したことよりも、その後もなお乱れた息遣いが恥ずかしくて。

閉じようとした足がふと何かに引っかかる。そっと視線を落とすと、地面を覆っていた膜のようなものに足が埋まっていた。

「え……？」

動こうとしても足首までしっかりと埋まっていて抜けない。

「ちょ……っ！」

慌てて起きあがろうと手をつくと、その手までもがずぶりと中に捉えられた。

「準備する間だけだから」

準備？

タムルのそれを口から出したラスは、後ろへそっと顔を近づけた。

「あ、待て」

その意図を理解して暴れようとするけれど、手は肘まで埋まってしまった。動けないだけでなく、腰の下あたりの膜がもぞりと動いてその場所をラスの前にさらけ出す。

ふ、とラスの吐く息がかかる。

「ラス……、待っ……ああっ！」

ぴちゃりと音が聞こえた。

「や……だめ……っ」

「ここで受け入れるから、しっかりほぐさないと。人は簡単に怪我をするから……ね？」

ひやりとした感触に体が跳ねる。

触れた舌が冷たいから、きっとラスにはわかってしまう。その奥がどれだけ熱くなっているか。

「あああっ」

ぬるりとした感触がゆっくりとそこを広げていく。微かに聞こえる水音に煽られる羞恥心に全身が熱くなる。

するすると太ももの裏側を撫でていた左手が……昂っていたタムルのものに添えられて、悲鳴のような声をあげた。

「指くらいは入るかな？」

右手がそっと後ろへ伸ばされる。舌と同時にほんの少し。

つぷりと入ってきたものに、タムルの頭が真っ白になる。

「あ、すごい。飲み込んでいく」

ぐぐ、と進んでくる指の感触にタムルは身を震わせた。待ってほしいが、やめてほしいとは思わなくて……。

「タムル、指が全部入った」

耳を塞いでしまいたいのに、捉えられた腕ではそれもできない。

「すぐに二本目も入りそう」

飲み込んだ指の根元に再びひやりとした舌を当てられる。すべりをよくした指がゆっくりと動かされて息が荒くなった。

再び固くなり始めたタムルのものにラスが軽く口づけをする。それだけで溢れる先走りにラスは愛おし気に指を伸ばした。

添えられているだけだった左手がタムルのものをこすり始める。同時に二本目の指がずぶりと中に入り込んだ
「ふぁっ」

「タムルの中、熱いよ」

根本まで入れられた指がじわじわと出て行って……また奥に。バラバラに動く二本の指がそこを広げていくのがはっきりと伝わる。

「ラス……」

名前を呼ぶとラスは顔をゆっくり近づけてきた。

「俺の、タムル。もう他の誰かに触れさせちゃだめだよ?」

小さく頷くと、唇が重なった。もっと深く重ねたくて、タムルからラスの口に舌を伸ばす。

どちらともなく絡み合う舌に夢中になっていると、タムルの中の指が激しく動き始めた。喘ぎ声がキスに埋もれていく。

「タムルの中に入りたい」

ずるりと指が抜かれる。

次にその場所に当てられた昂りにぶるりと体が震えた。

「ラス、これを外してくれ」

捉えられたままの腕に視線を落とす。

ラスは少しだけウロウロと視線を漂わせた。

「ラス？」

「タムル、いいの？」

「何が？」

「今更だけど、入れるほうがいいとか……」

本当に今更だ。舌と指でさんざんそこをいじっておいて、この直前にそれを聞くのか？

「大丈夫だ。受けとめてやる。ただ、ラスを抱きしめたいから腕は自由にしてほしい」

その瞬間にラスがぱあっと笑顔になった。まるで犬みたいに耳としっぽが見えたような気がする。竜なのに。

ふっと強張りが解けた腕を広げると、ラスが勢いよく飛び込んでくる。

お互いを抱きしめ合って……。けれどじっとしているには、余裕がなさすぎた。

タムルはラスの体に自分の足を絡ませる。

「早く、来い」

「タムル……」

再びラスのそれがタムルの後ろに押し当てられた。その質量にごくりと息をのむ。

「愛している」

どちらともなく唇を重ねた。

ぐ、と腰が前に出てわずかに先がタムルの中へ押し込まれる。

「痛い？」

「痛く、ない」

早くと急かすかわりにラスに絡めた足に力を込める。固さを増したラスのものがさらに奥へと進んで……タムルはゆっくり息を吐いた。

受け止めてやりたいと思った。

ラスの全部を受け止めてやりたい。

ラスがタムルを得ることで幸せを感じるならば、与えたい。

「タムルの中……っ、すごい……。ごめん、我慢できな……っ」

ラスの手がタムルの腰を掴んだ。一気に腰を進められて……痛みに逃れそうになる体を必死に押しとどめる。

ラスの背に回した手に力を込める。絡めた足にも。

離れるものかと強く思った。

「タムル……っ」

すべてを埋めこんで、ラスがほうと息を吐く。

「タムル。タムル、好き」

最奥まで入れたにも拘(かか)わらず、さらに深く繋(つな)がろうと何度も腰をゆする。そのわずかな刺激にうめくとラスはタムルの顔に何度もキスを落とした。

「動いていい？」

その言葉にふっと強張りを抜くと腰を支える手に力がこもった。

最初はゆっくり……わずかに引いて、とすんと奥へ戻る。

「あ……」

ぐるりとかき回されて声をあげると、ラスは大きく腰を引いた。ずるりと抜けていく感覚に何かを思う間もなく、今度は一気に奥まで突き入れられる。

「ふぁっ！　あぁっ！」

そこからはもう、止めようがなかった。

音が響きそうなほどに激しい抽挿に息が止まりそうになる。

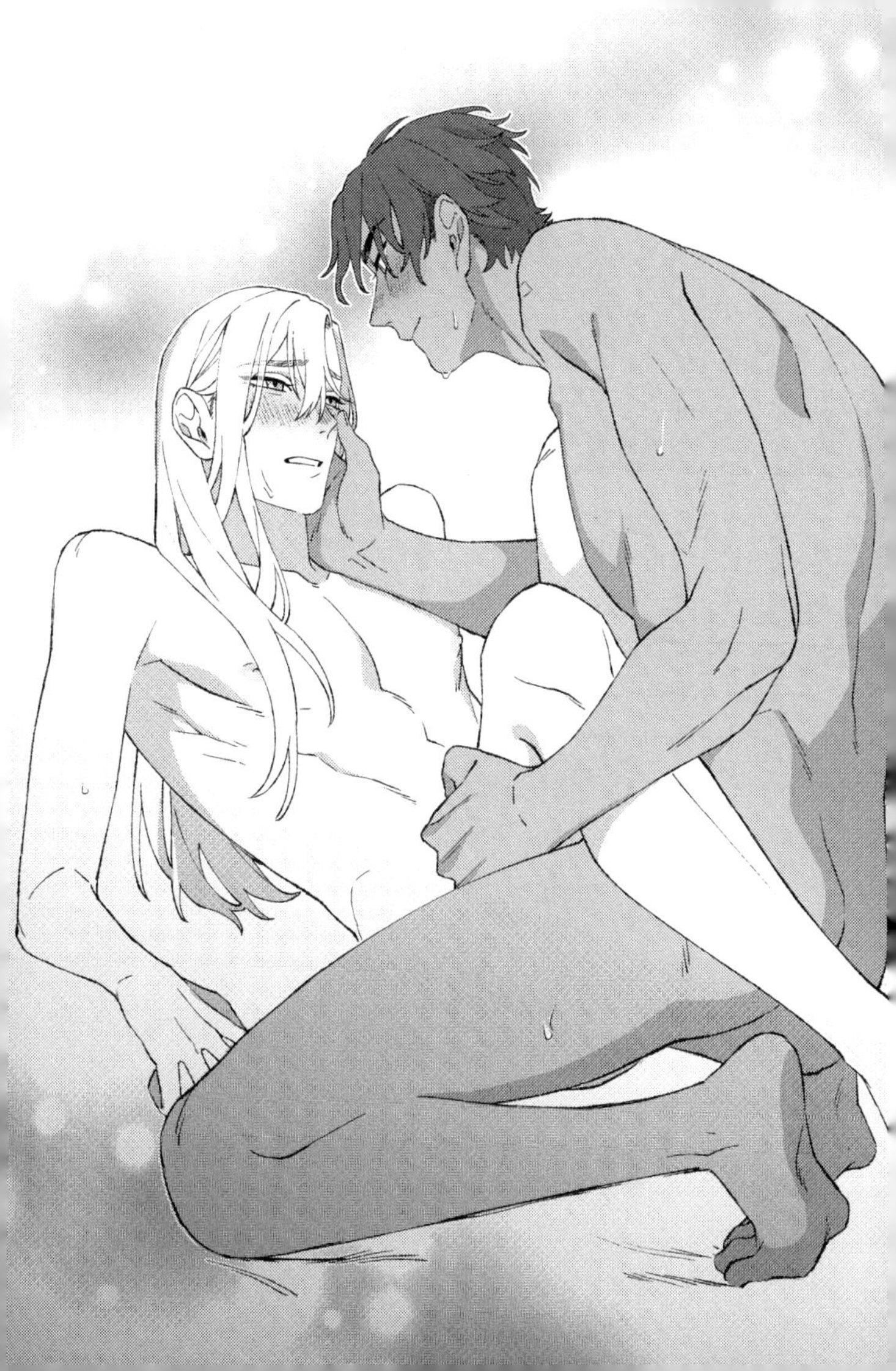

右足を大きく掲げられ……、横向きになった体になおも激しく突き入れられてタムルはただ声をあげた。

「タムル」

求める声が、愛おしい。

手を伸ばすと、ラスも手を伸ばしてくれて。

ぎゅうと握りしめるその手に、さらに体が熱くなる。

もっと、と思った。

もっと触れたい。もっとラスが欲しい。

激しく責めたてられて限界は近いのに、まだ足りない。

くるりと向きを変えられて、再び向き合うとただラスを抱きしめたい衝動にかられた。

手を広げると、近づいてきたラスの頭を宝物のように大切に抱える。

ずっとひとりのような気がしていた。

魔力がなくて、家族と疎遠になったと思っていた。そこにある壁を自分が作ったとは思っていなくて……。残念な男だと言われて周囲からも距離を取った。

その中に入り込んできたのがラスで。

瞬く間に壁を壊していく姿に、最初は戸惑った。だが、そんなタムルをよそに周囲が変わっていく。とびきりにいい方向に。タムルにとってそれこそが魔法のようだった。

ああ、これでひとりではないと……そう思ったのはいつだったたか。

「ラス」

名前を呼ぶ。側にあるこの温もりを信じたい。

「ラス」

そうしてやっと自分が形になる。

力強く抱きしめるとラスはひときわ大きく腰を突きあげてうめいた。

奥に感じる温もりに、ラスが中で達したとわかる。それが嬉しくて顔がほころんだ。

「ラス、愛している」

る。


「タムル様！」

デーズの声に振り返ると、騎士の正装をまとった姿がそこにあった。

雲ひとつない晴天の下、晴れやかに着飾った騎士達が式典の会場となる城へと移動をしている。

「指導官殿……ではなかった、団長。おはようございます」

デーズの横でぴしりと居住まいを正すのは同じ服装をしたパトスだ。

「まだ団長と呼ぶのは早い」

「もうすぐじゃないですか」

前任の騎士団長が高齢を理由に退任して、後任にと指名されたのはタムルだった。年齢が若いせいもあり反対する声がなかったわけではないが、それよりも圧倒的に多かったのは支持する声だ。

二年前、タムルは騎士に任命されると魔獣の討伐に積極的に参加した。

竜という機動力を持っているタムルは、魔獣の出没情報が入るとすぐに王都を飛び出した。

誰より早く現場につき、圧倒的な力で制圧してしまうタムルは民衆から絶大な人気を得た。

竜騎士タムルといえば、今は他国でも通用するような名前だ。

「まだ力不足だが」

「タムル様が力不足なら、一体どんな怪物が団長になるのですか」

デーズが真剣な顔で言いきる。

民衆の人気に加えて、今の騎士団にはタムルの指導を受けてきた者が多い。そういった者たちがタムルを支持する。デーズももちろん、その中のひとり。

「お前たちは私を過大評価しすぎだ」

「過大？　これっぽっちもしていませんよ。竜を従え、魔法も使う騎士など、タムル様以外にいないでしょう。おまけに未だに僕たちは数人がかりでもタムル様に勝てやしない」

デーズが大げさに叫ぶ言葉は聞こえなかったことにした。タムルは騎士となった今も、ただ必死に走っているだけだ。

「団長は変わりましたね」

「そうか？」

「砦に来たばかりのころは、いつも張りつめているような気がして……。すごい人だっていうのはわかっているから余計に近づきがたかったのですが」

「えー、パトスは普通に話していたよね？」

「あれはお前がガンガン行くからだろう！」

ふたりのやりとりに思わず顔がほころぶ。魔剣を見つけるために砦でもがいていたあの頃が懐かしく感じられた。

「パトス、お前の魔剣を見せてくれ」

手を出すと、照れたような顔でパトスが腰の剣を差し出してくれる。

タムルと同時期に魔剣を手に入れたデーズと違い、パトスはあれから二年かけてようやく自分の魔剣を見つけた。

今日の式典ではパトスの騎士任命も同時に行われる予定だ。

パトスの魔剣は、柄（つか）に精巧な細工のある白い剣だった。

鞘から抜かなくてもわかる。パトスの魔力を纏って、力を今すぐにでも解放したくてうずうずしている。

「いい剣だな。きっといいパトスの相棒になってくれることだろう。長く探した甲斐（かい）がある」

「ええ、そう思います」

返された魔剣を嬉しそうに受け取ってパトスが笑う。

「二年か」

タムルが騎士に任命されてから、二年。

あっという間に過ぎた時間では多くのことが変わっていった。

立場もあるが、タムルの周囲には人が増えた。

好意ばかりではない。人気があるタムルを妬む声もある。だが、良くない感情ばかりだと思い込んでいたあのころよりはずっと息がしやすい。

「よく頑張ったな」

　褒める言葉も今では自然に言える。

「団長はずっと俺の憧れです」

「ずっと？」

「あれ、言っていませんでしたか。俺、魔剣を探すのも目的のひとつでしたけど、団長に剣の指導をしてもらうために砦に行きました」

　昔、そういう者もいると聞いたことはあったが、まさかパトスがそうだとは思っていなかった。

「デーズもです。俺が知る限りでも、あと何人か」

「わかった、わかった。もういい」

　照れ隠しにひらひらと手を振ってみせると、パトスとデーズは砦にいたころと同じように笑った。

「ラスくんは？」

「今日は留守番だ。騎士の任命式も同時に行われるからな。今日の主役はお前たちでなければならない」

　晴れやかな式典に竜が現れれば目立つし、盛りあがるだろう。だが、騎士の任命式は一生に一度の晴れ舞台だ。人々の視線がラスに集まるようなことは避けたい。

「え、でもタムル様の団長の就任式でもあるのに！」

「私のはついでだ、ついで」

騎士団を支えていくのは新しく育っていく者たちだ。彼らがいなくては、騎士団は成り立たない。

「お前たちが、主役だよ」

思わず、ふたりを同時に抱きしめる。

デーズもパトスも今では大切な仲間だ。

「タ、タムル様っ」

けれど、抱きしめられたふたりは慌てたようにタムルの腕から離れていってしまう。

「俺は騎士になったばかりで、竜を敵に回すわけにはは！」

「いくらパトスと僕でもダメです！」

寂しく感じたが、確かにタムルが誰かをハグしてしまったことがわかれば嫉妬深い誰かが吠えそうだ。

ただ吠えるだけならいいが、竜の姿で吠えられれば周囲に被害が及ぶ。そのあたりは注意しておかないとせっかく得た騎士団長の座を返さなくてはいけなくなるかもしれない。

「まさかこれくらいで」

いくらラスでもデーズとパトス相手に嫉妬はしないと言いかけたとき、ばさりと翼の音が聞こえて慌てて空を見あげた。

周囲にいた者たちも一斉に上を見あげている。

「ラス！」

赤い竜は、タムルの真上まで来ると大きく口を開いて……それから、閉じた。どうやら近くにいるのがデーズとパトスだと気がついて吠えることはやめてくれたらしい。

そのかわり、どんどんと小さくなっていって青年の姿でタムルの前に降り立った。

「よかった。ここで火でも吹くのかと思った」

「しないよ。タムルの大切な日だし」

どことなく目を逸らしているくらいは大目にみておこう。腰に手を回してくるのも。見せつけるように頬にキスをするのも……まあ、恋人同士なら許容範囲だ。

「パトス兄ちゃんも騎士になるよね。おめでとう」

「その姿で兄ちゃんと呼ばれるのも慣れないな」

パトスが苦笑いするのも仕方ない。ラスは砦と王都を行き来する間も、人になるときは子供の姿を取ることが多かった。青年の姿だと警戒されることも多く、子供の姿のほうが都合が良かったらしい。

ただ、前と違うことは青年の姿を隠さないことだ。

タムルの側に誰かがいると、こうしてよく牽制のために青年の姿を取る。国王陛下と握手をしたときもこの姿で現れたときには肝が冷えた。

「ところでラス。どうしてお前がここにいる？」

「あ。いや、だってタムルが抱きついたりするから」

「今日は騎士になる者たちが主役だから、お前は家にいろとあれほど言っただろう？」

ずいっと迫るタムルにラスが後ずさりする。

「ごめんなさい」

しゅんと頭を下げるラスは、あっという間に子供の姿に変わった。こういうあざとさはあの頃と変わらない。

「だって、タムルの側にいたいんだもん！」

必死に訴える子供の姿のラスに……、しかし甘い顔は見せてはいけないとタムルは精一杯、表情を引き締める。

「いつも一緒にいるだろう」

「足りないよ。全然、足りない。だってタムルは最近、忙しいってばかりでキスもロクに……」

タムルは慌ててラスの口を片手で押さえた。

確かにこのところ騎士団長を引き継ぐにあたって仕事は多く、その間も魔獣たちが出没を控えてくれるわけではない。

「あー、あのっ、先に行きますね！」

「では、会場で！」

ラスがおかしなことを言うから、デーズとパトスはタムルを置いて走っていってしまった。

その後ろ姿を見送って、タムルもゆっくり歩き始める。ラスもタムルの手を握って一緒に歩き出す。今更戻れと言ったところで無駄だろう。

「子供の姿なら、目立たないよね！」

いや、かえって目立つ気もする。騎士団長になるタムルが連れているならなおさらだ。

「ラス……」

「だってタムルの格好いいところを一番側で見たいもん」

手を握る力が強くなる。離さないと態度で訴えているようだ。

「格好よくなどない」

騎士になり、名声を得れば誇れる自分になるだろうと思っていた。

だが、いざその場所に立ってみるとそこは終着点ではなかった。それは騎士団長という地位でも変わらない。

騎士であろうと、騎士団長であろうと大切なのは立場ではなく、何を為（な）すか。

「私はただ、必死に走っているだけだ」

それは、ひどく泥臭くて必死な姿だ。

「タムルは格好いいよ」

ふわりとラスが青年の姿に戻る。

「俺はタムルが誇りだ」

まっすぐに向けられる視線に、ぐっと体を前に押された気がする。

ラスがすぐ側で、そう言ってくれるからタムルは前を向ける。

「ありがとう、ラス」

許される限り、タムルは精一杯走り続けるだけだ。

もしまた魔力がなくなったとしても、もう怖いとは思わないだろう。

前と同じように騎士見習い達に指導をしていけばいい。そこから育つ者達は、皆立派に自分達で歩いて行く。無駄なことなどひとつもない。

今、できることをただ懸命に。

魔力がないと言われたタムルが騎士団長になった。それは奇跡ではない。

騎士は無理だと言われたとき、魔力がないと言われたとき、魔剣を探すのを諦めろと諭されたとき。

タムルが少しでも足を止めていたら、今はなかった。

「ラス、行くぞ」

声をかけるとラスが駆け寄ってきて隣に並ぶ。
間近に感じるその距離が心地よくて、タムルは頬を緩ませた。

あとがき

「手加減を知らない竜の寵愛」を手に取っていただき、ありがとうございます。稲月しんです。キャラ文庫様では二冊目の本となります。

今回の主人公タムルは色々と苦悩している人。実力はあるのに、うまくいかない。空回りしているような状態のときに、ラスと出会って色々なことが動き始めます。

ラスはわりと自由なキャラクター。最初は自分が何者かもわかりませんが、しっかりとその強さと自由さはもっている。少年の姿と青年の姿を使い分けるあざとさもありながら、根は純粋だなと思います。

ファンタジーはやっぱり楽しいですね。書いている世界を色々想像していると、まだここが書き足りていなかったなとか、ここでこういう歴史があるだろうなとか、どんどん広がっていきます。

一番最初に物語みたいなものを書いたのは小学校の授業の中だったのですが、原稿用紙が足りないと何度も先生に貰いにいっていたことを思い出します。

小学生だったのでせいぜい原稿用紙五枚くらいだったと思うのですが、その五枚に収まりきらないのが書きたいという気持ちの原点だったかなと。

今でも楽しく書かせていただいているのは、こうして読んでくださる方がいてのことだと思います。ありがとうございます。


イラストは柳瀬(やなせ)せの先生に担当していただきました。

とてもかっこいいタムルとラスを描いていただき、感謝しております。絵柄がすごくお洒落というか、スタイリッシュな印象を受けたのでどんな風に描いていただけるだろうとワクワクしながら待っていました。本当にありがとうございます。

また担当様にもお世話になりました。今回も色々と助けていただき、ありがとうございます。


またどこかでお目にかかれれば幸いです。

これからもよろしくお願いします。

稲月しん

この本を読んでのご意見、ご感想を編集部までお寄せください。
《あて先》〒141-8202　東京都品川区上大崎3-1-1　徳間書店　キャラ編集部気付
「手加減を知らない竜の寵愛」係

【読者アンケートフォーム】
QRコードより作品の感想・アンケートをお送り頂けます。
Chara公式サイト http://www.chara-info.net/

手加減を知らない竜の寵愛

■初出一覧
手加減を知らない竜の寵愛……書き下ろし

2023年5月31日　初刷

著者　稲月しん
発行者　松下俊也
発行所　株式会社徳間書店
〒141-8202　東京都品川区上大崎3-1-1
電話　049-293-5521（販売部）
　　　03-5403-4348（編集部）
振替　00140-0-44392

Chara
手加減を知らない竜の寵愛……【キャラ文庫】

印刷・製本　株式会社広済堂ネクスト
カバー・口絵
デザイン　百足屋ユウコ＋タドコロユイ（ムシカゴグラフィクス）

ISBN978-4-19-901098-9

キャラ文庫既刊

英田サキ

[DEADLOCK] シリーズ全3巻 ill:高階 佑
[SIMPLEX DEADLOCK外伝] ill:高階 佑
[STAY DEADLOCK番外編1]
[AWAY DEADLOCK番外編2]
[AGAIN DEADLOCK番外編3] ill:高階 佑
[OUTLIVE DEADLOCK season 2]
[PROMISING DEADLOCK season 2]
[BUDDY DEADLOCK season 2] ill:高階 佑
[HARD TIME DEADLOCK外伝] ill:高階 佑
[恋ひめやも] ill:小山田あみ
[ダブル・バインド] 全4巻
[アウトフェイス ダブル・バインド外伝] ill:葛西リカコ
[すべてはこの夜に] ill:笠井あゆみ

秋山みち花

[略奪王と雇われの騎士] ill:雪路凹子
[虎の王と百人の妃候補] ill:夏河シオリ

稲月しん

[うさぎ王子の耳に関する懸案事項] ill:小椋ムク
[手加減を知らない竜の寵愛] ill:柳瀬せの

犬飼のの

[暴君竜を飼いならせ] シリーズ1~9巻
[最愛竜を飼いならせ 暴君竜を飼いならせ10]
[暴君竜の純情 暴君竜を飼いならせ番外編1]
[暴君竜の純愛 暴君竜を飼いならせ番外編2] ill:笠井あゆみ
[仮面の男と囚われの候補生] ill:みずかねりょう

海野 幸

[ifの世界で恋がはじまる] ill:高久尚子
[匿名希望で立候補させて] ill:高城リョウ
[あなたは三つ数えたら恋に落ちます] ill:湖水きよ
[魔王様の清らかなおつき合い] ill:小椋ムク
[リーマン二人で異世界探索] ill:石田惠美
[今度は死んでも死なせません!] ill:十月

尾上与一

[初恋をやりなおすにあたって] ill:木下けい子
[花降る王子の婚礼]
[雪降る王妃と春のめざめ 花降る王子の婚礼2] ill:yoco
[氷雪の王子と神の心臓]
[セカンドクライ] ill:草間さかえ

華藤えれな

[人魚姫の真珠 ～海に誓う婚礼～] ill:北沢きょう
[白虎王の蜜月婚] ill:高緒 拾
[オメガの初恋は甘い林檎の香り ～煌めく夜に生まれた子へ～] ill:夏河シオリ

かわい恋

[王と獣騎士の聖約] ill:小椋ムク
[異世界で保護竜カフェはじめました] ill:夏河シオリ

川琴ゆい華

[ぎんぎつねのお嫁入り] ill:三池ろむこ
[親友だけどキスしてみようか] ill:古澤エノ
[へたくそ王子と深海魚] ill:緒花
[ソロ活男子の日常からお伝えします] ill:夏河シオリ

神奈木智

[その指だけが知っている] シリーズ全5巻 ill:小田切ほたる
[ダイヤモンドの条件] シリーズ全3巻 ill:須賀邦彦
[守護者がめざめる逢魔が時] シリーズ1~5
[守護者がおちる呪縛の愛 守護者がめざめる逢魔が時6] ill:みずかねりょう

北ミチノ

[好奇心は蝶を殺す] ill:円陣闇丸
[星のない世界でも] ill:高久尚子

久我有加

[寮生諸君!] ill:麻々原絵里依
[獲物を狩るは赤い瞳] ill:金ひかる
[満月に降臨する美男] ill:柳ゆと
[新入生諸君!] ill:高城リョウ

櫛野ゆい

[臆病ウサギと居候先の王子様] ill:石田 要
[興国の花、比翼の鳥] ill:夏河シオリ
[しのぶれど色に出でにけり輪廻の恋] ill:北沢きょう

楠田雅紀

[王弟殿下とナイルの異邦人] ill:榊 空也
[恋人は、一人のはずですが。] ill:麻々原絵里依
[あの日、あの場所、あの時間へ!] ill:サマミヤアカザ
[海辺のリゾートで殺人を] ill:夏河シオリ
[Brave -炎と闘う者たち-] ill:小山田あみ
[恋するヒマもない警察学校24時!!] ill:麻々原絵里依

栗城 偲

[玉の輿ご用意しました]
[玉の輿謹んで返上します 玉の輿ご用意しました2]
[玉の輿新調しました 玉の輿ご用意しました3]
[玉の輿に乗ったその後の話 玉の輿ご用意しました番外編] ill:高緒 拾
[幼なじみマネジメント] ill:暮田マキネ
[はぐれ銀狼と修道士] ill:夏河シオリ

キャラ文庫既刊

月東湊
[親愛なる僕の妖精王へ捧ぐ] ill：みずかねりょう
[旅の道づれは名もなき竜] ill：テクノサマタ
[呪われた黒獅子王の小さな花嫁] ill：円陣闇丸

ごとうしのぶ
[熱情] ill：高久尚子

小中大豆
[妖しい薬屋と見習い狸] ill：高星麻子
[ないものねだりの王子と騎士] ill：北沢きょう
[十六夜月と輪廻の恋] ill：夏河シオリ
[鏡よ鏡、毒リンゴを食べたのは誰？] ill：みずかねりょう
[気難しい王子に捧げる寓話] ill：笠井あゆみ
[行き倒れの黒狼拾いました] ill：麻々原絵里依

沙野風結子
[一滴、もしくはたくさん] ill：湖水きよ
[人喰い鬼は色に狂う] ill：葛西リカコ
[夢を生む男] ill：北沢きょう
[疵物の戀] ill：みずかねりょう
[なれの果ての、その先に] ill：小山田あみ

秀 香穂里
[くちびるに銀の弾丸] シリーズ全2巻 ill：祭河ななを
[他人同士] 全3巻 ill：新藤まゆり
[大人同士] 全3巻 ill：新藤まゆり
[他人同士 －Encore!－] ill：新藤まゆり
[恋に無縁なんてありえない] ill：金ひかる
[高嶺の花を手折るまで] ill：高城リョウ

[ドンペリとトラディショナル] ill：みずかねりょう
[脱がせるまでのドレスコード] ill：八千代ハル
[オタク王子とアキバで恋を] ill：北沢きょう
[官能の2時間をあなたへ] ill：Ciel

愁堂れな
[法医学者と刑事の相性] シリーズ全2巻 ill：高階 佑
[美しき標的] ill：小山田あみ
[ハイブリッド ～愛と正義と極道と～] ill：水名瀬雅良

神香うらら
[恋の吊り橋効果、試しませんか？] ill：北沢きょう
[恋の吊り橋効果、深めませんか？] 恋の吊り橋効果、試しませんか？2
[恋の吊り橋効果、誓いませんか？] 恋の吊り橋効果、試しませんか？3
[伴侶を迎えに来日しました！] ill：高城リョウ
[葡萄畑で蜜月を] ill：みずかねりょう
[事件現場はロマンスに満ちている] ill：柳ゆと

菅野 彰
[毎日晴天！] シリーズ1～17
[花屋に三人目の店員がきた夏] 毎日晴天！18
[竜頭町三丁目帯刀家の徒然日記] 毎日晴天！番外編
[竜頭町三丁目帯刀家の暮らしの手帖] 毎日晴天！番外編2
[竜頭町三丁目まだ四年目の夏祭り] 毎日晴天！外伝 ill：二宮悦巳
[愛する] ill：高久尚子
[いたいけな彼氏] ill：湖水きよ

[成仏する気はないですか？] ill：田丸マミタ

杉原理生
[錬金術師と不肖の弟子] ill：yoco
[愛になるまで] ill：小椋ムク

すとう茉莉沙
[触れて感じて、堕ちればいい] ill：みずかねりょう
[営業時間外の冷たい彼] ill：小椋ムク
[本気にさせた責任取ってよ] ill：サマミヤアカザ

砂原糖子
[猫屋敷先生と縁側の編集者] ill：笠井あゆみ
[小説家先生の犬と春] ill：笠井あゆみ
[アンダーエール！] ill：小椋ムク
[バーテンダーはマティーニがお嫌い？] ill：ミドリノエバ

高尾理一
[鬼の王と契れ] シリーズ全3巻 ill：石田 要

高遠琉加
[神様も知らない] シリーズ全3巻 ill：高階 佑
[天使と悪魔の一週間] ill：麻々原絵里依
[さよならのない国で] ill：葛西リカコ
[刑事と灰色の鴉]
[白と黒の輪舞] 刑事と灰色の鴉2 ill：サマミヤアカザ

月村 奎
[そして恋がはじまる] 全2巻 ill：夢花 李
[アプローチ] ill：夏乃あゆみ
[きみに言えない秘密がある] ill：サマミヤアカザ

キャラ文庫既刊

遠野春日

[砂楼の花嫁]
[花嫁と誓いの薔薇 砂楼の花嫁2]
[仮装祝祭日の花嫁 砂楼の花嫁3]
[愛と絆と革命の花嫁 砂楼の花嫁4] ill：円陣闇丸
[疵と蜜] ill：笠井あゆみ
[恋々 疵と蜜2] ill：笠井あゆみ
[愛しき年上のオメガ] ill：みずかねりょう
[やんごとなきオメガの婚姻] ill：サマミヤアカザ
[夜間飛行]
[存在証明 夜間飛行2] ill：笠井あゆみ
[百五十年ロマンス] ill：ミドリノエバ
[ひと夏のリプレイス] ill：笠井あゆみ

中原一也

[花吸い鳥は高音で囀る] ill：笠井あゆみ
[俺が好きなら咬んでみろ] ill：小野浜こわし
[街の赤ずきんと迷える狼] ill：みずかねりょう
[拝啓、百年先の世界のあなたへ] ill：笠井あゆみ
[幾千の夜を超えて君と] ill：麻々原絵里依
[僕たちは昨日まで死んでいた] ill：笠井あゆみ

凪良ゆう

[恋愛前夜] ill：穂波ゆきね
[求愛前夜 恋愛前夜2] ill：高久尚子
[天涯行き]
[おやすみなさい、また明日] ill：小山田あみ
[美しい彼]
[憎らしい彼 美しい彼2]
[悩ましい彼 美しい彼3] ill：葛西リカコ
[interlude 美しい彼番外編集]
[ここで待ってる] ill：草間さかえ
[初恋の嵐] ill：木下けい子
[セキュリティ・ブランケット 上・下] ill：ミドリノエバ
[きみが好きだった] ill：宝井理人

夏乃穂足

[飼い犬に手を咬まれるな] ill：笠井あゆみ
[真夜中の寮に君臨せし者] ill：円陣闇丸

成瀬かの

[兄さんの友達] ill：三池ろむこ
[隣の狗人の秘密] ill：サマミヤアカザ
[神獣さまの側仕え] ill：金ひかる
[ご褒美に首輪をください] ill：みずかねりょう

西野 花

[溺愛調教] ill：笠井あゆみ
[陰獣たちの贄] ill：北沢きょう
[獣神の夜伽] ill：穂波ゆきね
[淫妃セラムと千人の男] ill：北沢きょう
[催淫姫] ill：古澤エノ
[金獅子王と孕む月] ill：北沢きょう
[月印の御子への供物] ill：笠井あゆみ

鳩村衣杏

[学生服の彼氏] ill：金ひかる
[きれいなお兄さんに誘惑されてます] ill：砂河深紅

樋口美沙緒

[八月七日を探して] ill：高久尚子
[他人じゃないけれど] ill：穂波ゆきね
[狗神の花嫁] シリーズ全2巻 ill：高星麻子
[予言者は眠らない] ill：夏乃あゆみ
[パブリックスクール―檻の中の王―]
[パブリックスクール―群れを出た小鳥―]
[パブリックスクール―八年後の王と小鳥―]
[パブリックスクール―ツバメと殉教者―]
[パブリックスクール―ロンドンの蜜月―]
[パブリックスクール―ツバメと監督生たち―] ill：yoco
[ヴァンパイアは我慢できない dessert] ill：夏乃あゆみ
[王を統べる運命の子] シリーズ全4巻 ill：麻々原絵里依

火崎 勇

[ヒトデナシは惑愛する] ill：小椋ムク
[エリート上司はお子さま!?] ill：金ひかる
[メールの向こうの恋] ill：麻々原絵里依
[契約は悪魔の純愛] ill：高城リョウ
[かわいい部下は渡しません] ill：兼守美行
[愛を誓って転生しました] ill：ミドリノエバ

菱沢九月

[小説家は懺悔する] シリーズ全3巻 ill：高久尚子
[年下の彼氏] ill：穂波ゆきね
[飼い主はなつかない] ill：高星麻子
[同い年の弟] ill：穂波ゆきね

松岡なつき

[WILD WIND] ill：雪舟 薫
[FLESH&BLOOD①〜㉔] ill：①〜⑪雪舟 薫／⑫〜彩
[FLESH&BLOOD外伝―女王陛下の海賊たち―]
[FLESH&BLOOD外伝2―祝福される花―] ill：彩

キャラ文庫既刊

[H・K(ホンコン)ドラグネット] 全4巻 ill:乃一ミクロ
[流沙の記憶] ill:彩

水原とほる

[正体不明の紳士と歌姫] ill:yoco
[彼は優しい雨] ill:小山田あみ
[月がきれいと言えなくて] ill:ひなこ
[見初められたはいいけれど] ill:ミドリノエバ
[小説の登場人物と恋は成立するか?] ill:サマミヤアカザ

水無月さらら

[いたいけな弟子と魔導師さま] ill:yoco
[二度目の人生はハードモードから] ill:木下けい子
[僭越ながらベビーシッターはじめます] ill:夏河シオリ
[新米錬金術師の致命的な失敗] ill:北沢きょう

水壬楓子

[桜姫] シリーズ全3巻 ill:長門サイチ
[森羅万象] シリーズ全3巻 ill:新藤まゆり
[王室護衛官を拝命しました] ill:サマミヤアカザ
[王室護衛官に欠かせない接待] ill:みずかねりょう
[たとえ業火に灼かれても] ill:十月

宮緒 葵

[祝福された吸血鬼] ill:Ciel
[悪食]
[羽化 悪食2]
[曙光 悪食3] ill:みずかねりょう

[百年待てたら結婚します] ill:サマミヤアカザ
[騎士と聖者の邪恋] ill:yoco

夜光 花

[不浄の回廊]
[二人暮らしのユウウツ 不浄の回廊2]
[欠けた記憶と宿命の輪 不浄の回廊3]
[君と過ごす春夏秋冬 不浄の回廊番外編集] ill:小山田あみ
[ミステリー作家串田寥生の考察]
[ミステリー作家串田寥生の見解] ill:高階 佑
[バグ] 全3巻 ill:湖水きよ
[式神の名は、鬼] 全3巻 ill:笠井あゆみ
[式神見習いの小鬼] ill:笠井あゆみ
[無能な皇子と呼ばれてますが中身は敵国の宰相です] ill:サマミヤアカザ

吉原理恵子

[二重螺旋] シリーズ1〜14巻 ill:円陣闇丸
[蝶ノ羽音 二重螺旋15] ill:円陣闇丸
[灼視線 二重螺旋外伝] ill:円陣闇丸
[万華鏡 二重螺旋番外編] ill:長門サイチ
[間の楔] 全6巻 ill:笠井あゆみ
[影の館]
[暗闇の封印—邂逅の章—] ill:笠井あゆみ
[暗闇の封印(レクイエム)—黎明の章—]
[銀の鎮魂歌] ill:yoco

六青みつみ

[輪廻の花〜300年の片恋〜] ill:みずかねりょう
[鳴けない小鳥と贖いの王〜彷徨編〜]
[鳴けない小鳥と贖いの王〜再逢編〜]
[鳴けない小鳥と贖いの王〜昇華編〜] ill:稲荷家房之介

渡海奈穂

[狼は闇夜に潜む] ill:マミタ
[御曹司は獣の王子に溺れる] ill:夏河シオリ
[憑き物ごと愛してよ] ill:ミドリノエバ
[山神さまのお世話係] ill:小椋ムク
[死神と心中屋] ill:兼守美行

〈四六判ソフトカバー〉

ごとうしのぶ

[ぼくたちは、本に巣喰う悪魔と恋をする]
[喋らぬ本と、喋りすぎる絵画の麗人]
[ぼくたちは、優しい魔物に抱かれて眠る]
[ぼくたちの愛する悪魔と不滅の庭] ill:笠井あゆみ

松岡なつき

[王と夜啼鳥(ナイチンゲール) FLESH & BLOOD外伝] ill:彩

アンソロジー

[キャラ文庫アンソロジーⅠ 琥珀]
[キャラ文庫アンソロジーⅡ 翡翠]
[キャラ文庫アンソロジーⅢ 瑠璃]
[キャラ文庫アンソロジーⅣ 瑪瑙] ill:円陣闇丸

〈2023年5月27日現在〉